Kahraman Tazeoğlu'ndan

BAMBAŞKA

Kahraman Tazeoğlu

DESTEK
yayınevi

DESTEK YAYINEVİ: **200**
EDEBİYAT: **63**

BAMBAŞKA / KAHRAMAN TAZEOĞLU

Genel Yayın Yönetmeni: Ertürk Akşun
Editör: Zuhal Doğan
Kapak Tasarım: Fikirhane
Sayfa Tasarım: İlknur Muştu

1. Baskı: Şubat 2012
2. Baskı: Mart 2013
3. Baskı: Mayıs 2013
4. Baskı: Haziran 2013

Yayıncı Sertifika No: 13226
ISBN 978-605-4455-99-7

İnönü Cad. 33/4 Gümüşsuyu Beyoğlu / İstanbul
Tel : (0212) 252 22 42
Fax : (0212) 252 22 43
www.destekyayinlari.com
info@destekyayinlari.com
facebook.com/ DestekYayinevi
twitter.com/destekyayinlari

facebook.com/kahramantazeoglu
mail: sayfa.admeni@gmail.com

İnkılap Kitabevi Baskı Tesisleri
Matbaa Sertifika No: 10614
Çobançeşme Mah. Altay Sk. No: 8
Yenibosna – Bahçelievler / İstanbul
Tel: (0212) 496 11 11

BAMBAŞKA

Kahraman Tazeoğlu'ndan

Okurlarım...

Sadece kendine yazan, sadece kendini yazan ve yazdıklarını sadece kendinde saklayan bir adamdım ben. Sonra bir gün nasıl oldu bilmiyorum, size sızdı yazdıklarım. Her biriniz yüreğinizi, boşluklarınızı, aşklarınızı, susmalarınızı, sessiz haykırışlarınızı, yaralarınızı gördünüz o satırlarda. "Beni anlatıyor bu adam" dediniz... Peşime düştünüz sonra. Yıllarca okudunuz, dinlediniz, paylaştınız. Sözsüzlüğünüze söz ettiniz sözlerimi. Mektuplar yazdınız sonra, her biri düştüğüm kuyu olan... Defterlerinize yazdınız şiirlerimi, kanadı orada sessizce... Bir tek siz bildiniz...

İmza günlerine koşup koşup geldiniz, ne yağmur durdurdu, ne kar. Saatlerce beklediniz ayakta bir imza için... Aç, yorgun, solgun ama mutlu. İçinizde söylemek için biriktirdiğiniz her şeyi bir çırpıda anlatıverdiniz ayaküstü orada... Bir çok şeyi de unuttunuz söylemeyi... Bir fotoğraf için gülümsediniz sarlıp sarılıp... Omzumda ağladı bir çoğunuz. Kollarım yaprak gibi titreyenlerinizi sardı her seferinde. Yüzüm gülerken kalbim eşlik etti gözyaşlarınıza. Ve her seferinde sizden aldığım güçle sizi yazdım ben.

Biraz önce parmaklarınız uzanmıştı bu kitaba. Şimdi ise gözleriniz geçiyor harflerimin üzerinden. Hafifçe gülümsüyorsunuz biliyorum. Ve belki de bu kitabın kime ithaf edildiğini merak ediyorsunuz.

Kulağına fısıldıyorum işte yaklaş... "Size" ithaf edildi bu kitap, "Size"

Kimseye söylemeyin ama...

Sizi çok seviyorum çok...

Kahraman Tazeoğlu

Acım Mı? Geçmedi... Alıştım Sadece

İnsanlar geçmişlerine en büyük ihaneti unutarak yapar. Benim geçmeyen geçmişim hep şimdimde duruyor. Anılar unutmayı zorlaştırmak için verilmiş cezalardır sevgilim. Ben bu cezaya gülümsüyorum. Senin bıraktığın hiçbir şey ardımda kalmadı benim. İnsana en uzak düşen şey, bilerek geride bıraktıklarıdır çünkü... Kalbimdeki yerine hiç ihanet etmedim. Gidişin hiç bitmedi bende. Kaybedecek de olsam bir yolum vardı sende. Ve hayat o kadar kuralsızdır ki bazen, oyunu kuralına göre oynamak bile kazandırmaz insana. Seni kaybedeceğimi bile bile oynadım bu oyunu. Utanmaktan utanmadan...

Acım mı?

Geçmedi... Alıştım sadece.

Beni mutlu edecek yalanlar söylemeyi öğrendim sensizlikte. Küçük mutluluklara büyüteçle bakmayı bildim. Sustum öylece. Konuşamadım sensizlikle. Gidişini haklı gösterecek uyduruk bahaneler buldum kendime. Sustum öylece... Kimse benim kadar sessiz susamazdı. Zaten o eski tadı da kalmadı susmaların; kime sorsam konuşuyor şimdi. O kadar sustum ki sensizliğe, sessizliğimde boğuldum her gece. Çok düşündüm seni düşünmemeyi. (Düşünmekle olmuyormuş seni düşünmemek.) Keşke bana beni nasıl unuttuğunu öğretseydin, belki ben de sana uyardım. Anlamadığım tek şey, bende duran zaman sende nasıl geçiyor?

Acım mı?

Geçmedi... Alıştım sadece.

Ben senden mutlu bir son değil, mutlu bir sonsuzluk istemiştim. Anlamadın! Belki de seni güzelleştiren, hayatın çirkinliğiydi... Bunu da ben anlamadım! Acaba benimle mutlu olduğun için mi beraberdin yoksa ben mutlu olduğum için mi? Bu sorunun da cevabını bırakmadın. Sadece gittin. Aşk ne senin bende gördüğündür ne de benim sende gördüğüm. Aşk, birlikte gördüğümüzdür sevgili. Seninle aynı değilmiş aşka bakışımız. Sen benden kusursuz bir aşk istedin, ben senden yaşanabilir bir aşk. Belki bu yüzyılın insanı değilsin diyeceksin bana ama bence aşk karşındaki insan çırılçıplakken bile gözlerini onun gözlerinden ayırmamaktır sevgili. Bu kadar temiz severken seni, koca bir hayatı kirletip terk ettin beni. Bu hayat seni unutabileceğim kadar uzun değil sevgili.

Acım mı?

Geçmedi... Alıştım sadece.

Sen bir katilsin ama suç işlemedin. Suç işlemeden katil olanlar sadece kalp kıranlardır. Keşke "Beni" öldürseydin; "Kalbimi" değil! Üzülme sakın. Yaşayan ölülere yas tutulmaz sevgili. Ağlarken bile güzel kalmayı becerebilen yüzünle hatırlıyorum seni. Bensiz de yaşayabilecekken beni tercih edendin o zamanlar. Nasıl da inanmıştım konuştuklarına. "Sevdim," demiştin, hatırla. Oysa sevilmekten önce güvenilmek isterdim ben. Daha ilk kıskançlığımda çekip gittin. Kıskanmak aşkın bencil yüzüdür sevgilim. O kadar da mı hatırım yoktu sende? Aşkı meslek edinmiş yüreğin meğer ne kadar da hazırmış, her yeni başlangıca hazin bir son bulmaya... İçindeki eksikliği boşluk zanneden sevgilim, şimdi gözlerimizin her çarpışmasında kırılan kalbimin parçaları hayatıma batıyor biliyor musun?

Acım mı?

Geçmedi... Alıştım sadece.

Aramıza kaç dünya girdi kim bilir? Senden sonra öyle büyük bedeller ödedim ki... Senin yalan ve ihanete ödediğin bedelin çok daha ağırını ben dürüstlüğüme ödedim. Ömrüne kattığın mutluluğu, benim hayatımdan çalman doğru muydu sence? Gözlerin beni ararken benden önce kaç gözde kirlendi kim bilir? Bunun hesabını hiç sormadım ben sana. Ama sen, geçmişimi kabullenemediğin için, geçmişime sahip olmaya çalıştın. Benim olmak için değil, ait olmak için sahiplendin. Yine yanıldın! Değişirsin diye çok bekledim. Ve anladım ki insan değişir ama bizi asıl üzen hiç değişmeyenlerdir. Yaralar, acıyı saklar; izleri, hayatı gösterir. Gözlerini biraz aralayabilseydin, sana aydınlığı öğretecektim. Şimdi geceyi yak ki ışısın. Gidişini affetmeyişimdendir bu gaddar halim. Senden çok daha âlâları beklese de kapımda, ben şairim; kıyamam turnayı gözünden vurmaya...

Acım mı?

Geçmedi... Alıştım sadece.

İnsanı yaşatan ve ayakta tutan umutların, bir gün insanı öldüren umutlara dönüşmesi ne acı. Halbuki bütün bunlara ne gerek vardı? Hayat beni sensizken de uzun uzun öldürüyordu zaten. Ah bir de ölmeyip böyle benim gibi yaralı kaldın mı vay haline! Zamanla biter diye diye zamanı bitiriyor omzunda ağladığın dostların. Halbuki zaman acıyı bitirmez, dönüştürür sevgilim. Doğru tecrübeleri körelten, yanlış sıralamalardır. Başlamak, bitirmenin yarısıysa, yanlış başlamak, hatanın tamamıdır. Yanlış aşkta kazanmaksa, aslında kaybeden olduğunu bilmemekmiş... Bütün bunları bana sen öğrettin. Bilmeden... Her "Yeniden", gerçekten yeniydi eskiden. Şimdi her başlangıç, bitişini ezbere bildiğimize merhaba demek yeniden ve yeniden. İşte hayat böyle susturuyor insanı bazen. Başlıyorsun ama sonunu getiremiyorsun. Her şey o bildik ayrılığa çıkıyor çünkü... Böyle zamanlarda basiretin bağlanır, dilin kurur, kalbin donar. Başladığın cümleni kendin bitiremezsen, noktayı başkası koyar.

Acım mı?

Geçmedi... Alıştım sadece.

Şimdi içimde, varmaktan çok bir gitme isteği. Zaman o kadar cimri ki, hiçbir saniyesini vermiyor geri. Zamanın değerini daha iyi anlıyorum bu yalnızlık yolunda şimdi; ki beni zaten bu kalabalıklar yalnızlaştırdı sevgili. Yalnızlık tek başına taşınır. Sakın yanlış anlama, kendimi yitirmiş değilim, sadece sende kayboldum o kadar. Hayat sunduğu her engelin arkasına bir mutluluk saklıyor. Elbet yolumu bulurum yine. Elbet yine mutlu olurum. Kış geldi bak, ayrılığımızın beyaz çölü. Yine bahar gelecek, yine mevsimler dönecek ama gelecek de bir gün geçecek. Bu kadar konuştuğuma bakma. Aslında ben sana hep susacaktım ama sen kelimeleri ağzımdan çaldın. Ah sevgili... Beni benden alıp gittin; içimde bensizlik, dışımda sensizlik var şimdi. Sadece şunu merak ediyorum... Hiç ağlamıyor musun özlerken? Bu kadar mı yoruldun benden?

Şimdi son sözüm sana şu sevgili: Bazı erkekler adam doğar, bazıları sonradan adam olur. Ben aşkı nimet gibi başımın üstünde taşıdım; bundandır boyun eğmeyişim. Riski, bazen kazanmak bazen de elindekini kaybetmemek için alırsın. Hayat böyle işte... Korkun kadar kaçar, cesaretin kadar savaşırsın!

Acım mı?
Geçmedi… Alıştım sadece.

Görmeyen, göz değil insandır aslında; ve gözler, dudaklar kıpırdamadan konuşabilir.

Aşk varlığın değil yokluğun kaybıdır.

O kadar bencildi ki, acıdığı insanlar bile kendine benziyordu.

İyinin kötüsü ile kötünün iyisini birbirinden ayıramadığımız sürece, en kötünün hangisi olduğunu asla öğrenemeyiz.

Hep aynı değişiklikleri yaşıyorsan, değişen hiçbir şey yoktur.

Hangisi daha zor? "Bir cennetteki mutsuz" olmak mı, "Bir cehennemdeki mutlu" olmak mı?

Kaç aşk kaldı beni unutmana?

Bedeller ödenirken para üstü beklenmez.

Aşk, insanın kendi eksiğini başkasında tamamlama isteğidir. Terk edilmekse eksiğin daha da eksilerek sana iadesidir.

Bizler, içimizdeki çocukla ölüyoruz; şimdiki nesil, içindeki yetişkinle büyüyor.

Korkuyu yenmeye çalışma, nedeniyle baş etmeyi bil!

Sorun şu: Hayatı yaşayarak anlamak mı,
anlayarak yaşamak mı?

Sensiz beni sevemedim. Aşkın yalancısıyım işte ne bileyim.

Gel "Biz" Olalım Demek Kolay... Benimle "Hiç" Olur Musun?

Acılarımın en tatlısıydın. Kalsam kendimi üzecektim, gitsem seni... Ne gidecek kadar korkaktım, ne kalacak kadar cesaretli. "Korkma," dedim kendi kendime. "Ölünce geçer korkma!" Ama ölmedim! Ruh kanserimle birlikte yaşamayı öğrendim. Senden çok daha erken çıkmıştım ben yola. Ve yola çıktığımda aşkın, ömrün en uzun, en sessiz üç harfi olduğunu biliyordum. Aşk bir kelimeyse, bin kelimesizlikti çünkü. Öyle çok sustum ki sana, kendi sesimi unuttum adeta. Sana dilsizliklerden yapılma bir lisanla geldim, anlamadın... İki ayrı uykuda, iki ayrı rüyanın birbirine dokunması gibiydi aşk. Sen bunu bilmiyordun. Toydun. Aramızdaki fark buydu: Sen, ateşin yaktığını bilirdin; ben, ateşte yanmayı.

Öyle bir yerdeyim ki şimdi, ne seni sevebiliyorum ne senden başka birini. Belki de uzatmalar bile bitti bu mücadelede, duymazdan geldiğimiz o son düdükle... Ve biz kandırdık ayrılığı... Kandırdık, bittiğini kabul eden yanlarımızı... Kendi yokluğumuza birbirimizin varlığını ödedik.

Anladım ki, ne sensiz yaşayabiliyorum ne de sensiz ölebiliyorum.

O kadar farklıydık ki birbirimizden ve aşk o kadar aynı yapıyordu ki bizi... zamanla ben sana, sen de bana benzemeye başladın. İçimizde felakete benzeyen bir ümitle, tanıdık bir uçurum kenarında uyuyorduk; bir gün düşeceğimizi bile bile... O kadar eksikti ki hikâyemiz, bitip bitmediğini bile anlayamıyorduk. Üç yanlışımız bile olmadan, elimizdeki tek doğruyu kaybettik sonra. Ve birbirimizden hayatlarımızı çalmaya başladık. Bu çalıntı hayatlarla elbet kendimize yakalanacaktık.

Ömrümün bekleme odalarında ben senden derdime deva istedim, sen bana devam dedin. Kimin sonu kimin başında bilemedik. Beklediğim her istasyonda içimden seni götüren bir şiir geçti. Yepyeni sensizliklerim oldu. Yoktun! Peki, yoksan bu yaşadığım neyin yokluğuydu? Olmayan bir senin yokluğunu yaşadım. İçimdeki yabancılara adresler sordum. Ve bildiğim bütün yollarda kayboldum.

Kalır gibi gidişlerini izledim önce, sonra gider gibi kalışlarını... Ve anladım ki ne sen gidebiliyorsun ne ben kalabiliyorum. Öyle bir hayat yaşıyoruz ki şimdi, ağlamak gülmenin mahkûmu, gülmek ağlamanın gardiyanı gibi sanki...

Ve anladım ki, ne seninle ağlayabiliyorum ne de sensiz gülebiliyorum.

Belki de sen aşka âşıktın, ben üstüme alındım, bilmiyorum. Bir gün gerçekten seni terk edebilecek miyim, onu da bilmiyorum. Üzerine sinen benin kokusunu duymadan yaşayabilecek misin? Çünkü, senden geriye sadece sen kalana dek terk edilmiş olmuyorsun.

İnsan yaşadığı anın değerini yaşadıklarından ötürü değil, neler yaşayacağını bilmediğinden ötürü bilmez. Seni çok seviyorum; bir gün seni terk etme gücümü kendimde bulup bulamayacağımı bilmeye bilmeye... Anlıyor musun?

Gel "Biz" olalım demek kolay… Benimle hiç olur musun?

İnsan âşık olmaz, aşkı yaratır.

Gülümseme, iki insan arasında kurulan hem ilkel hem de uygar bir iletişimdir. Hüzne yorumlanmış bir evrenin yüzünü mutluluğa devşirmektir. Yüzde oluşan o eğrinin birçok şeyi doğruya çevirmesidir. Mutluluğun dudaklara dikilmiş bayrağıdır. Ve bazen gülümseyiş yüzünüzü güzelleştirir, bazen de yüzünüz gülümseyişinizi... Bazen, mutlu olduğu için gülümsemese de gülümsediği için mutlu olduğunu zanneder insan...

Ya hayal ettiğin aşkı bulacaksın ya da bulduğun aşkı hayallerine uyduracaksın.

Yalnızlık bizi, başkalarının hiçbir şeyi, kendimizinse her şeyi yapar.

İnsan bazen, içine düşmek istediği uçurumun hem sebebi hem engeli olur.

Gözler aşkın ipidir.

Enaniyetin ruhlarını ele geçirdiği insanlar kendilerini büyük ve güçlü görmezlerse, özgüvensizlik onları bitirir.

Bilgi, insana aslında ne kadar çok şey bilmediğini öğreten bir şeydir.

Herkes tarafından sevilmek, sevinilmesi gereken değil, üzerinde düşünülmesi gereken bir soru işaretidir.

Kiralık kalbin aşkı fahişe olur. Yürek kiraya verilmez, o sadece armağan edilir.

Sevgi bir nedene dayandırılıyorsa, o neden ortadan kalkınca sevgi de yok olur.

Aşkın kışı böyledir işte, biraz sonbahardan alacaklı, biraz ilkbahara borçlu.

Solumdasın... Ve Sonumda

Aşktı işte... Varmışçasına bulduğum, yokmuşçasına yaşadığım.

Bir bank kırığında oturuyorduk. Akşamdı. "Beni kimsede hatırlama," dedi ve gitti. Bu yüzden başkalarında aramadım onu. Dilimin ucuna kadar geldi ama, "Ben küçücük kalbin için kocaman bir aşka katlanıyorum," diyemedim. Gitti işte... Sanırım gelmeyi, kalmakla karıştırmışım. Her geleni kalacak sanmamayı öğrendim. Evet, çok şey öğrendim onun gidişiyle. Mesela aşk, kedere bulanmak için bir mazeretmiş. Yokluğunda üstüme çullanan acılar söyledi. Oysa ben zaten kedere bulanmak istiyordum, belki sen bahaneydin sevgili?

Ben seni değil, seni sevmeyi seviyordum, sen araya girdin...

Daha önce de gitmişti. Adını bilmediğimiz ortak bir keder oturuyordu aramızda.

"Gitmekten vaz mı geçiyorsun yani?" diye sormuştum. "Gitmelerden vazgeçmiş değilim; ben gelmelerden yoruldum," dedi ve yine gitti. Zaten her gelişi gidiş gibiydi, her gidişi de gelir gibi... Ne yanımdayken mutlu olabiliyordum ne de ayrı kalabiliyordum. Hem armağan gibiydi gidişi hem ceza... Ve bir kez daha anladım, gelişigüzeldin sen sevgilim, gidişi değil.

Birkaç promil ayrılıktan sonra, düşer ayak fark ettim ki, giderken sadece kendini sökmemişsin benden... Bak, ağlasam gözlerim yok sevgili. Kaç kez dövdü beni sensizlik biliyor musun? Her akşama bir kavga hazırdı. Sen kadar yalnızlık, ben kadar hüzün demekti. Ve akşam, damarlara hüzün enjekte etmeye iyi bir bahaneydi. Karanlık çökünce, gündüz taşıdığım mutluluk maskesini çıkarıp gözyaşımla yıkıyordum. Sonra sana gelmek istiyordum; yalnızlığım izin vermiyordu. Bu kadar aşkken, aşkın en sevdiğim yerinde cayıyordum kendimden. Ne acı değil mi insanın aşkına kendisiyle ihanet etmesi? Bir saatin, kendi gösterdiği zamana küsmesi gibi... Doğru bir anahtarla yanlış bir kilidi açmaya çalışmak gibi...

Aşk eğlendirmeyen bir şakaymış... Son ana kadar gülmeyi beklerken anladım...

Hayat tablonda eğleşen isimsiz acılara, aşkın tepetakla edilmiş hengâmesinden bakmak neyi iyileştirir ki? Kendine kahraman olursun en çok, bana acı... Kendini onarmak neye yarar ki başkalarını yaraladıktan sonra? Keşke giderken bende hiçbir iz bırakmasaydın. Çünkü seni unutmak istedikçe en çok senden kalanlar seni hatırlatıyor, sen değil!

Seni benim gibi kimse sevmeyecek diye kandırmışım kendimi. Oysa seni onlar gibi seven hep ben olmuşum... Ertelenmiş ayrılıkları düşününce anladım.

"Adına aşk dediğimiz yalan dünyamızın efendisi olmak yerine, adına ayrılık dediğimiz gerçeğin kölesi olarak yaşamayı seçiyorum," dedi ve gitti. Dua gibi dileyip küfür gibi fırlattı. Olsun dedim; aldırmadım. Hâlâ yaşıyorum işte. Ve hep şunu soruyorum kendime: Yaşamak ölümle savaşmak mıdır?

Şimdi üzerine benim yaşayamadıklarımı giyin. Ben senin soyunduklarınla da yaşamasını bilirim. Artık ne diyebilirim ki sana? Elimden yazı gelmiyor, dilimden söz...

Sana inanmanın kendini kandırmak olduğunu, bir sen uğruna bin beni ezip geçtiğimde anladım. Aşk içimizde dolaşan bir hırsız gibi şimdi, çalmaya doymayan... Aşkı sahnelemeye başladığımız ilk gün, ayrılığın yeri hazırdı protokolde... Hep vurula vurula ne kadar koşabilirdik? Yine de aşktı işte, inkâr ettikçe içimize gizli gizli kök salan...

Aşk hakkında o kadar çok konuşmuşuz ki konuşmaktan aşkı yaşamayı unutmuşuz. Ve bir gün konuşulan her şeyin, yaşanmadığı sürece yalan olarak kaldığını öğrendik. Çok sonra anladık yaptığımızın hiçbir şey uğruna her şeyden vazgeçmek olduğunu. Daha doğrusu önce o anladı. Ben anladığımda o çoktan gitmişti. Zaten bana da bunu öğreten onun gidişiydi.

Aşktı işte... Varmışçasına bulduğum, yokmuşçasına yaşadığım.

Gittin...
Ve solumda kaldın...
Ve soluğumda...
Ve sonumda...

Aşk kalbi vurur ama önce beyin ölür.

Her sabah yaşama seninle tutunuyorsam, her gece sana öldüğüm içindir.

Aşk çabuk tükenir; bu yüzden Sevgililer Günü en kısa aydadır.

Beklemek, seni bulacak olan kişiden saklanmaktır! Aramaksa ona seni bulma şansı tanımaktır.

Aşk, cebinde dönüş biletiyle gidebileceğin bir yer değildir.

Son sözü söylemek bazen mutlu etmez insanı, ya da karşındakinin haklı olduğunu göstermez. O sadece son sözü söylemiştir fakat yine de içinde sadece kendisinin bildiği bir yenilgi hissiyle gidiyordur.

Aşk, iki soru işaretinin sürekli birbirini sorgulamasıdır.

Dostluk, her türlü acıya beraber katlanmak değil, her türlü acının üstesinden beraber gelmektir. Senin derdinden kendine dertler yapan, senin mutluluğundan kendine gülümsemeler icat edendir dost. Yaranı sana hissettirmeden iyileştirendir. Karşındaki konuşurken, kendin konuşuyormuşsun gibi hissettirendir dost. Dost, acı çektireceğini bildiği halde acı konuşmaya devam eden ve bunun için geride bıraktığı kayıplardan asla pişmanlık duymayandır. Arandığında bulunamayacak kadar az, bulunduğunda aranamayacak kadar çok olandır dost. Dost hep acı söyler. Bir diğerinin hayatını sırtlanmanın gereğidir bu. Sana rağmen, senin için kırabilir kalbini... Eğer senin gerçek dostunsam ve yine bir gün gitmek zorunda kalırsam, seni bulduğumdan daha iyi bir yere bırakmalıyım. O zaman dostluğun hakkını vermişim demektir.

Aşka ait olmayan her şey, zamanla aşkın sonu olur.

Bir yalnızın yatağında sarıldığı tek şey uykusudur.

Bir erkek, yanında ağladığında kendini zayıf hissetmiyorsa hayatının kadınını bulmuş demektir.

Ayrılığın Yâr Etkisi

Uğruna ölmek değildi istediğim, uğrunda yaşamaya öyle hazırdım ki...

Birlikteyken içime ektiğin her mutluluğu ayrılık denen illet söke söke geri alıyor. Nasıl ki aşk bize çaresizce bir güç veriyorsa, işte ayrılık da bize güçlü bir çaresizlik sunuyor. O delişmen ruhuma paylanmıştı senden gelen tüm dertler. Varlığının altını, kendimi silerek çizmiştim ben. Çok sonra anladım ki, aşk meydanına sen beni canlı sanıp öldürmek için gelmiştin; ben seni ölü sanıp canlandırmak için... İnancı kırılmayan hiçbir aşk bitmezdi oysaki; inancımı da alıp gitmeseydin!

Hoşlandığım bedene, hayalimdeki ruhu yerleştirmekti benim hatam. Ya o ruh o bedene sığmadı ya da o beden o ruhu taşıyamadı. Ben çocukluğumu arka bahçene, kalbimi avuçlarına bırakacak kadar çok sevdim seni. Karşılığının bir hiç olduğunu bile bile... Ne acı değil mi, yaşamak için sarıldığından, ölmemek için kaçmak?

Aşkın yolu sadece beklemek değil, beklemesini bilmekten geçiyordu. Ve insanı yoran beklemek değil, bekletilmekti... İnsanın dünyaya gözlerini açtığında aldığı ilk nefes, ölünceye kadar ciğerlerinde kalırmış. Doğduğumdan beri ilk ve tek nefesimi seninle almıştım. Şimdi o nefesi gitmiş olsan da saklıyorum biliyor musun?

Çünkü henüz ölmedim. Sadece hayata ara verdim.

Uğruna verdiklerim, sonunda seni kendine âşık etti. Ve beni hiç kimseye benzemediğim için severken, ötekilere neden benzemiyorum diye terk ettin. Şimdi yaşananlar mı daha acı yoksa yaşanacaklar mı? Aşk, acının dolaylı tanımıymış; geç öğrendim.

En kötüsü de ne biliyor musun? Hiç benim olmadan terk etmen... Acım acımaya başladı yeniden. Bu aşk hiç olmazsa bir vedayı hak ederdi be sevgili! En zoruma giden de şu, madem bu kalp bana ait, o halde neden sen parçalıyorsun? Bu gidişi hangi dönüş doldurabilir şimdi?

Çocukluğumda babam, yavru kedimizi bir çuvalın içine koyup geri dönüş yolunu bulamayacağı kadar uzağa götürüp bırakmıştı. "Tamam, orada dur!" dedi ona içindeki ses. Orada da bıraktı zaten. Şimdi o yavru kedi gibi hissediyorum kendimi. Terk edilmiş ve dönüş yolları kapanmış. Kendi önemsizliğimle baş başa bırakılmışım. Ayrılık şimdi kalbimdeki kıymık.

Keşke becerebilseydik be sevgili... Keşke her şey her yere dağılmasaydı böyle. Keşke biz hep biz kalsaydık. Biz olabilmek uğruna, "Ben"lerimizi kaybetmeseydik. Ölürcesine mutlu olmayı dilemek yerine, mutlu ölümlerle bu aşkı bitirebilseydik. Uzaktan tanıyamadık bu peruklu acıları. Anlayamadık; aşk önce dıştan içe, sonra içten dışa yakarmış insanı... Bilemedik bazı aşkların kirli olduğunu ve gözyaşıyla yıkanmadan silinmediğini...

Aşk sonsuzdur, sonlandırmadıkça... Ben yalnız yaşamayı beceremediğim için düştüm bu aşka. Hak ettim bu cezayı... Hak ettim bu sonu... Sesim yok sana.

Gam savar yüreğim yenik artık. Beni düşünme... Sen iyi bak sana.

Bir doğruya yanlış yerden düşünce insan, hayat bunun hesabını hemen soruyor.

Biz yine kendi yarattığımız uçuruma düştük sevgili... Ve hayat, aşkı bir kez daha yendi.

Ayrılığı kurtuluş gören, aşkı esaret bellemiştir.

Hayat, ilk savaşımızın son kurşunudur.

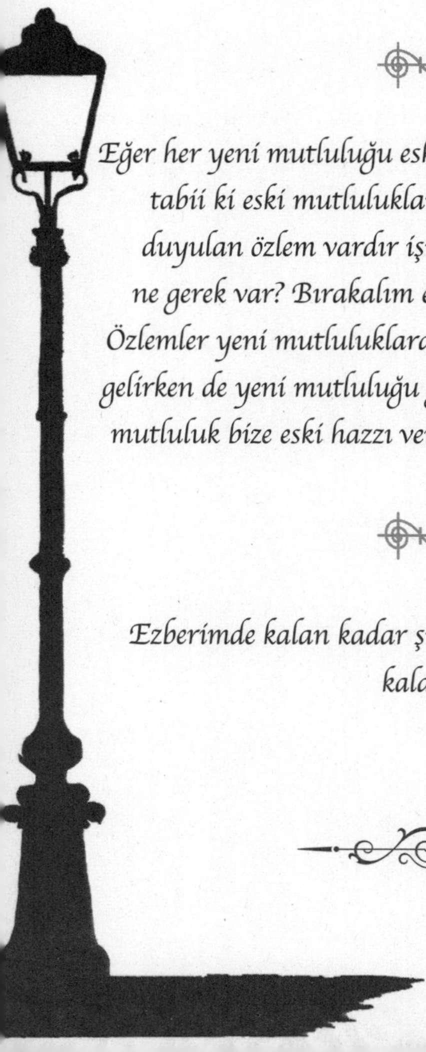

Eğer her yeni mutluluğu eski mutluluklarımızla karşılaştırırsak, tabii ki eski mutluluklar daha güzel gelir. Çünkü onlara duyulan özlem vardır işin içinde... Halbuki tüm bunlara ne gerek var? Bırakalım eski mutluluklarımız eskide kalsın. Özlemler yeni mutluluklara olsun. Eski mutluluklar güzel gelir, gelirken de yeni mutluluğu gölgede bırakır, eskitir. Artık ne yeni mutluluk bize eski hazzı verir, ne de eski mutluluklar geri gelir.

Ezberimde kalan kadar şiirsin bundan böyle ve anılarımda kalan kadar aşk.

İnsan olmanın en zor yanı, hem kimseye inanmamak hem de inancını kaybetmemektir.

Yanlış yolda doğru yürüyemezsin.

Aşkını sürekli dile getirme gayretindeysen, bil ki karşılığı yoktur.

Hayallerle yaşamak başka bir şeydir, hayallerde yaşamak başka...

Gitsem kalmalar saldırıyor, kalsam gitmeler çağırıyor...
Biz ayrılıkla evliyiz!

Kimseyi bir başkası gibi sevmemeli insan. Çünkü kimse bir başkası değil.

Aşk gözünü karartmışsa, yola gözlerini kapatarak devam et çünkü görmemek, gördüğünü zannetmekten daha iyidir.

Kendimden eksiltip sana sunduklarımmış meğer seni sen yapanlar.

Kime dokunsam seni okşadım.

Aşk sahnedeyken, ayrılık kuliste bekler.

Ateşini Verir Misin? Kalbimi Yakacağım...

88 şubatıydı. Kıştı. Soğuktu. Üşüyordu ellerim. Daha seni tanımıyordum. Bir sinema salonundaydım. Sen büfede bir şeyler satıyordun. İlk defa orada gördüm seni. Antrakt bitsin istemiyordum. Sonra gonk çaldı, filme kaldığımız yerden devam ettik. Kızıl saçların kaldı aklımda, bir de kalbimi delip geçen gözlerin. O zamanlar, sahip olduğum en değerli şey olarak kendimi görüyordum; çünkü daha seni tanımamıştım. Sonra parmağımdaki yüzüğe baktım... Yasaktın sen bana... Yasak...

Bilmezdim; kalbinde biri varken insanın, bir başkası da uğrayabilirmiş geçerken... "Bir arkadaşa bakıp" çıkabilirmiş hemen. Ama sen hiç çıkmadın oradan. Sahi hiç söylemedim değil mi?

Bilmezdim; bir başkası için atarken kalp, bir başkası durdurabilirmiş bilmeden. Başkasının kollarında, yollarında, hikâyesindeyken ben, ilk defa bir başkası için değişebilirmiş yürüdüğüm tüm yollar. Hayat adildir, almak için verir. Ne alabildim sendekini, ne verebildim sana bende bekleyeni. Öylece durdum. 88 şubatında, kışta, soğukta, sinemada...

Bilemedim aşkta zor olanın, yalan söyleyememek değil, gerçeği gizleyememek olduğunu.

Tabii ki anlaşıldı her şey. Önce parmağımdaki yüzük çıktı, sonra kalbimdeki izi. Tam iki yıl geçmişti aradan. Yine gittim o sokağa; ne sinema kalmıştı artık orada ne de kızıl saçlarından tutabileceğim bir ara...

Yıllar sonra bir yaz gecesi, güneyin en dibinde bir sahilde rastladım sana. Sen de beni hatırlarsın sandım tüm saflığımla. Tam yaklaşıp ateşini verir misin, kalbimi yakacağım diyecekken fark ettim, benim parmağımda olmayanın artık senin parmağında olduğunu. Bir yabancı gibi bakınca sen bana, anladım ki olmadığın şey olduğunu sanmak, kendisini aldatmasıymış insanın.

Artık kalbimde hiçbir acı yok. Çünkü öğrendim; kalbini acıtacak bir aşk bile bulamıyorsan, asıl sen çekiyorsundur aşk acısı. Şimdi ne kalbimi yakmam için ateş verecek biri var, ne de yanmak için atan bir sonum. Sadece üşüyorum, anlıyor musun?

Aşk, "Senin için yaşıyorum!" denen ama karşılıklı yaşanan bir bencilliktir.

Herkesin sevdiği bir insan ya kendi değildir ya da birden çok kişiliğe sahiptir.

Ne acı değil mi, bir sonraki sevgililere hep "İlk"miş gibi davranmak ve her bir sonraki sevgilinin buna "İnanıyormuş" gibi yapması?

Umut bağlamak, yaralanmayı da göze almaktır biraz.

Ben nice tüy gibi başlayıp taş gibi biten düşüşler gördüm. Üç kuruş etmeyecek insanlara servet ödedim.

Özenme veda ederken... Öyle sıradan terk et işte. Tıpkı gelişin gibi, tıpkı senin gibi... Bana dost olur şiirler, şarkılar. Başka söz söylemem! Seni de yaksın o şarkılar.

Gittin! Herkes gibi olacağını sandım ama şimdi herkes sen oldu.

Sonra, dost kalalım dedi; sanki elimi tutan o değilmiş gibi...

Güzelliğin gözümü yorsun, kalbimi değil!

Sen yoksun, ben senden de yoksun.

Öğrenilmesi en zor duygu, kaybetmek ve vazgeçmektir. Vazgeçebilmeyi öğrenemememiş biri, her şeyi ister... Her şeyi istemek de elindekini bile kaybettirir insana. Vazgeçtiklerini sürekli düşünen ve aklı hep vazgeçtiklerinden yana olan insan, huzursuz ve kaybetmeyi öğrenemeyen insandır. Oysa kaybetmek, insana kendini yenilemeyi kazandırır, öğretir. Kendini onararak, bilmediklerini öğrenerek, seni "Kaybetmeye" götüren yolun üstündekilerle mücadele etmeyi öğrenerek yaşamayı getirir... Kazanmaksa bir rehavettir. İnsan şunu çok iyi bilmeli... Kaybetmeyi bilmek, seçmeyi bilmediğimizden, beceremediğimizden ötürü değil, bunun vazgeçmek zorunda olduğumuzdan dolayı maruz kaldığımız bir yenilgi olduğunu bilmek demektir. Verdiklerin karşısında aldıkların, aldıkların karşısında da verdiklerin var. Yani her şeyin bir bedeli var. Bedelsiz özgürlük bile olmaz... Ve şunu sakın unutma, kuşun bile uçabilmesi için önce tutunduğu dalı bırakması gerekir...

İrfan Amca

Yıllar sonra Taksim'de bir yılbaşı gecesi rastladım ona. Yağan sulusepken eşliğinde etrafında eğlenen yüzlerce insan vardı. O ise, ıslanmasın diye, kış olmasına rağmen giydiği yazlık ayakkabılarının üstüne naylon poşet geçirip iple sıkıca bağlamıştı. Üşüyen ellerini nefesiyle ısıtmaya çalışıyordu. Koltuğunun altına sıkıştırmış olduğu bir metrelik sırığa bağlı rengârenk ama sönük balonlarla baş başaydı. Bir de o balonları satıp bitirebileceğine dair zayıf inancıyla…

Saçları iyiden iyiye beyazlamıştı. Neredeyse hiç siyah yoktu. Yüzündeki çizgiler artmış, beli biraz daha bükülmüştü. Sapı kırık gözlüğü, düşmesin diye sarı paket lastiğiyle tutturulmuştu. Hayat çok hırpalamıştı bu yaşlı adamı. Yanına gidip, "Merhaba İrfan amca," demek istedim bir an; sonra beni görünce utanacağını düşünüp vazgeçtim. Bunca yıl sonra onu bu halde görmem belki onuruna dokunacaktı. Gururu için hayatını hiçe sayanlardandı İrfan amca.

Uzaktan izledim onu dakikalarca. Sönmeye yüz tutmuş balonlarını, ciğerlerinden zar zor çıkan havayla şişirmeye çalışıyordu. İşe en kırmızı olan balonu şişirmekle başlamıştı. Öyle ya, kim isterdi ki sönük bir balon satın almayı? O balonları alanlar, yaşlı bir bilgenin nefesini de satın aldıklarını hiç bilmeyeceklerdi.

Çılgınca hoplayıp zıplayan kalabalığın arasından kendisine doğru yaklaşan birilerini görünce, bir balon daha satacağı umuduyla gülümsüyor, yanından umarsızca geçip gidenlere ise, yorgun ve umutsuz gözlerle bakıyordu. Arada bir elini yırtık paltosunun cebine atıyor, kazandığı birkaç lirayı sayıp tekrar cebine koyuyordu. Belli ki eve dönebilmesi için yeterli parayı daha toplayamamıştı.

Yaşlandıkça babama daha çok benziyordu İrfan amca. Yokluğun içinde var olmaya çalışan bir adama bakarken insanın, o adamı fiziken babasına benzetmesi çok tuhaf bir duygu. O adam değil de sanki babanız o konumdaymış gibi geliyor size. Ne şükredebiliyorsunuz ne de acıyabiliyorsunuz halinize.

Ağabeyiyle her zaman mesafeli bir hayat sürmüştü İrfan amca. Maddi durumu iyi olmadığı halde, hiçbir akrabasından yardım talep etmez, bunu bilen hiçbir akrabası da böyle bir girişimde bulunmaya cesaret etmezdi. Hep yapayalnızdı bu garip hayatın içinde...

Ona baktıkça, çocukluğuma gidiyordum. Saçlarımı okşayışı, hiç parası yokken bile bulup getirdiği ucuz çikolatalar ve üşüten hüzünlü gözleri... Hayatı keşfetmeye başladığımda ne çok soru sormuştum bu bilge adama. Hatalarım olmuştu, yanlışlarım, eksiklerim... Nasıl da beni kırmadan öğretirdi her şeyi. Öğüt vermeden, küçümsemeden... Tecrübelerini sıralayıp, "Sen de benim gibi ol!" demeden...

Hep yapmak istediğini, hayallerini anlatırdı. Benim önüme ise, o bilgenin ulaşmak istediklerinden yapılma bir yol serilirdi. Sonra susardı İrfan amca. Bir ermiş gibi susardı. Suskunluğu bile konuşurdu. Onun söylemek istedikleri, söylemediklerinde gizliydi.

Aşkı, yalnızlığı ve hayatı öğreniyordum ondan durmadan. Aşk acısıyla kıvrandığım gecelerin sabahlarında ona koşar gelirdim. Anlardı. Yine de benim anlatmamı beklerdi. "Unutamıyorum onu İrfan amca. Çok zor. Unutamıyorum!" derdim acıyla. Gözleri ufka dalardı. "Ah evlat!" derdi. Susardı. Kısacık bir "Ah"tı ondan çıkan, bir ömre değer geçerdi ama... "Unutmak dediğinin nesi zor ki? Asıl unutmak zorunda olmak koyar adama," derdi.

Seninki de dert mi benim derdimin yanında der gibi bakardı. Hüzünlü ama gülümseyen gözleriyle ısıtırdı dünyamı. Sonra ona sarılırdım. Her şey yeniden başlardı.

"Aşka köpek olan kaybeder," derdi hep. O zamanlar ne demek istediğini anlayamazdım. Çok sonra anlam bulurdu bende söylediği her şey. Şu anda karşımda balon satan bu ihtiyar, ne çok şey öğretmişti bana aşk adına. Acaba kendisi anlattıklarının neresindeydi o zamanlar diye merak ederdim. Bana, "Aşka rağmen aşka inan," derdi. Aşkı tarif ediş biçimi bile başkaydı İrfan amcanın. "Aşk bir denizdir, içinde kendi yüzdürdüğü gemileri batıran..." derdi.

Gençlik yıllarım hep onun söylediklerini düşünmekle geçmişti. Âşık oluyor, acı çekiyordum. Kendi kendime baş etmeye çalışıyordum kalbime hep bir numara büyük gelen çilelerle. Sonunda hep onun sözleri sarıyordu kanayan kalp kapaklarımı. Beni, "Aşk kapıyı çalmaz, kırar!" diye uyarırdı. Dikkatli olmamı öğütlerdi.

"Seçici değilsen geçicisindir," derdi. Kalbimle aklımın savaşında taraf olmamam gerektiğini söylerdi. Bir keresinde, "Bazı insanlar aşkı değil, ayrılmayı beceremez. Bu yüzden, kendini çiğnemek adına sevmekten vazgeçebilmeyi öğrenmeli insan," diye yazmıştı okul defterime. Büyüyordum onunla.

Yılların bu kadar çabuk geçeceği, bir adamın sözleriyle büyürken o adamın yaşlanabileceği hiç aklıma gelmezdi. Hayat en çok bu adama acımasız davrandı. Selfinaz yengemle evlendiği yıllarda ben daha çok küçüktüm. Anlayamazdım neden hep hastanelere gittiklerini. O koridorlarda ellerinde filmlerle, tahlillerle koşuşturup durduklarını. Ne misafirliğe gittikleri yerlerde o evin küçük çocuklarına umutsuz bir hasretle bakan yengemin gözlerini anlayabilirdim, ne de konu çocuklardan açıldığında kısır bir kadının kulaklarını tıkadığı konuşmaları.

Sonradan gizlice ağlardı yengem. Utanırdı ahalinin önünde yaşlarını özgürce dökmeye... Sonraya ertelerdi kahrını, hıçkırıklarını...

İrfan amcam, hep bir şeylerin hasretiyle durmadan, usanmadan, yılmadan çaba sarf ederdi; o doktor senin, bu doktor benim... Ne fabrika işçiliğinden aldığı maaş yeterdi o tedavi masraflarına, ne de yaptığı ek işlerin kazancı. Zaman zaman yengem de yardım etmeye çalışırdı kendince. Bir keresinde okulumun önünde, evde yaptığı börekleri satarken gördüm onu. Oracıkta tezgâh açmış bir yığın satıcı olurdu hep. Alışkanlıktan olsa gerek dönüp bakmazdım bile. O gün yine teneffüse çıkmış, mutlu mutlu oynuyordum. Acı bir düdük sesiyle irkildim. Okulun kapısında bir hareketlenme vardı. Zabıta tüm satıcıları kovalıyordu. Onlar gibi koşup kaçamayan yengemse, sessiz sessiz ağlayarak zabıtaya kendi elleriyle teslim ediyordu derme çatma tezgâhını.

Kapıya doğru hızla koşarak, "Yapmayın, almayın onları bizden!" diye bağırdığımı hatırlıyorum. Yengem beni görür görmez başını öne eğdi ve utancıyla birlikte uzaklaştı oradan. Gözyaşlarını başörtüsünün ucuyla siliyordu. İçim burkuldu. Öylece bakakaldım ardından. Çok küçüktüm. Kafa tutamadım hayata. Ağladım sadece... Acı acı ağladım sessizce... Oysaki ne kadar da mutluydum biraz önce...

Her şeyden habersiz oyunlar oynarken, gerçekler bir kez daha gösterdi yüzünü; hayat, mutlu anlarımızın bedelini mutlaka ödetiyor.

Ya İrfan amca? O da az çekmiyordu bu hayattan. Bazen semt pazarında görürdüm onu. Akşam saatlerini seçerdi hep. Elinde boş bir fileyle dolaşır dururdu pazarda. Alamadığı sebzelerin üzerlerindeki fiyat etiketlerini nemli gözlerle izlerdi. Avucunda sıkıca tuttuğu üç kuruşuyla, ne alabileceğini hesaplar dururdu. Sonra onu tezgâh arkalarında, üstünde eskimiş giysileriyle yerlere dökülen sebzeleri toplarken görürdüm. Cılız bilekleriyle ustaca seçerdi en sağlam görünenleri. Utancından, kafasını kaldırıp bakamazdı kimseye. "Sen değil, zalimler utansın İrfan amca!" diye bağırmak geçerdi içimden. Bağıramazdım. Beni görmesin diye uzaklaşırdım oradan. Ağır adımlarla evine yürürdü İrfan amca. Kapıdan içeri girmeden son kez kontrol ederdi pazardan topladıklarını. Ayakkabısından önce, sebzelerin çamurlarını silerdi. Her şeye rağmen, elinde dolu bir fileyle girerdi o eve. Gerçeği yalnızca ben bilirdim.

İsyan ettiğini hiç görmedim onun. Yüzünde hep bir tebessüm olurdu. "Hayat, o hayatı yaşamayı becerebilene güzeldir; ve bir hayatı yaşanır kılmak yine insanın kendi elindedir," der, tutunurdu hayata. Yılmazdı. Yıkılır ama yine kalkardı.

Onun yaşama bu denli bağlı olması, hep bir çocuk özleminden kaynaklı gibi gelirdi bana. Çocukları çok severdi. Tek dileği bir evladının olmasıydı. Bunca uğraş, bunca çaba bunun içindi. Bu mücadelenin hayatını çok fazla zorlaştırdığını söylediğimde bana, "Kolay olan güzel, güzel olan da kolay değildir evlat," demişti. Bu bilge tavrı bana hep yol gösterici olmuştu. "En dipteysen düşemezsin," diyordu. Evet, en dipteydi ve düşmüyordu İrfan amca.

Aradan tam on yıl geçmişti. Sonunda hayat onlara istedikleri çocuğu vermişti. Selfinaz yengemin hamile kaldığını öğrendiğinde hıçkıra hıçkıra ağladığını hatırlıyorum. İlk defa onu bu kadar mutlu görüyordum. Hiç unutmuyorum kutlama yaptığımız günü. Babam ona, "Bu zahmetli yolda mutluluğa varman ne büyük onur," demişti. İrfan amcam da gülümseyerek, "Mutluluk varılacak değil, kat ederken yaşanacak bir yoldur," dedi. Mutluluğunun sarhoşluğunda kaybolması gereken bir günde bile, bize bir şeyler öğretmeyi sürdürüyordu İrfan amca. O gün kullandığı bir cümleyi bugün bile hatırlarım: "Hayat sandığımız kadar kötü, beklediğimiz kadar da iyi değildir."

Yengemin hamileliği çok riskliydi. Ama her şeyi göze almıştı. Sevdiği adama bir evlat verecekti. Gerisini düşünmüyordu. Gerisi de yoktu zaten... Olmayacaktı...

Göz açıp kapayıncaya kadar geçti dokuz ay. Hamileliğin son günlerinde çok zorlanıyordu yengem. Ve fabrikada kapitalist dünyanın çarklarında ezilen bir işçi olmamak adına sendikaya üye olduğu için işten atıldığını bilmiyordu kocasının. Bu gerçeği ona söylememişti amcam. Her gün işe gider gibi evden çıkıyor, parklarda dolaşıp eve dönüyordu. Zaten zor bir hamilelik dönemi geçiren karısına bunu söyleyemezdi. Morali bozulur da karnındaki çocuğa bir şey olur diye korkuyordu.

Gece geç saatlerde sancısıyla birlikte kanaması da başlamıştı yengemin. Hemen bir ambulans çağırdılar. Ambulansın karanlığı yırtan sireni, yüzümüzü yalayıp geçen kırmızı mavi ışıkları hafızama çakılı kaldı. Ve bir de ön koltukta oturan amcamın kolunun tersiyle sildiği gözyaşları. Koşuşan hemşireler, hademeler, acil servisin sakin görünen doktorları, feryatların çınladığı koridorlar... Uzun bir gece olmuştu hepimiz için. Yengem, sağlıklı bir bebek getirmişti dünyaya. Ama doktorlar kanamasını bir türlü durduramadı. Sabaha kadar kan aradık.

Sabah, iki ünite kana daha ihtiyaç vardı. Kan merkezinde bir delikanlıdan aldık o kanı. Amcam, ihtiyacımız olan o son kana kavuştuğunda ve delikanlı tüm masrafları karşıladığında, kendinden yaşça çok küçük olan bu delikanlının elini öpmek için uzanmıştı eline. "Olur mu öyle şey amca!" diyerek ellerini kaçırmıştı genç çocuk. İçim burkuldu onu öyle görünce. Ne yaptığını bilmiyordu adeta. Bebeği düşünmüyordu bile. O nasıl olsa doğmuştu ve güvendeydi. Doktorlara yalvaran gözlerle bakıp durmadan karısını soruyordu: "Yaşayacak değil mi?"

Yaşamadı. Tutunamadı. Geride bir oğul bırakarak sessiz sedasız gitti bu dünyadan. Şimdi amcamın kalbinde bir ölüm, kucağında meme arayan bir bebek vardı. Yıllarca beklediği bebeğe sevinebilmeyi isterdi eminim. Ama yıllarını o bebek için harcayan hayat arkadaşı yoktu yanında. Gitti... Bir kere bile göremeden çocuğunu...

Hayat, kötü insanların başına iyi şeyler, iyi insanların başına da kötü şeyler verecek kadar adaletsizdir bazen. İrfan amcama bakınca hep bunu görüyorum. O, bunları hak edecek biri değildi.

Ama kaçmakla da kurtulunmuyordu işte kaderden. "Kaçmak kurtulmak değildir," derdi hep amcam. Ne kaçabildi, ne kurtulabildi.

Yıllarca hiç konuşmadı karısı hakkında. Onu, suskunluktan yapılma bir mezarda, kalbine gömdü. Oğlunu, Cihan'ını büyütmeye çalışırken, yengemin hatıralarına sahip çıktı hep. Her 14 Şubat'ta, en güzel kıyafetlerini giyip, tıraşını olup, en güzel kokularını sürerek, elinde kırmızı bir karanfille gitti mezarına. Ona dualar okudu sessizce. Dakikalarca okşadı mezar taşını. Bir keresinde ben de onunla gittim mezarlığa. Hiç konuşmadık. Sadece toprağını seyrettik. Ama gitme vakti geldiğinde, bir şeyler mırıldandı amcam. "Efendim?" dedim. Duyamamıştım ne söylediğini. "Bazen elde etmek için vazgeçmek gerekir," dedi usulca. "Anlamadım amca?" dedim tüm saflığımla. "O, öleceğini biliyordu. Öleceğini bile bile hamile kaldı benim için. O bebeğe kavuşmak için hayattan vazgeçmesi gerekiyordu. Ve vazgeçti. İşte bu yüzden evlat, bazen elde etmek için vazgeçmek gerekir. O bunu başardı. Hem de elde ettiğine sahip olamayacağını bile bile," dedi. Yine nemlenmişti gözleri. Öylece sustuk sonra. Hayat kaldığı yerden devam etti.

Amcam bana cesaretten bahsederken, "Cesaret, korkmamak değil, korkularınla cesurca yüzleşmektir," derdi. Onun bu sözleri bana cesaretimi nasıl kullanmam gerektiği açısından kılavuz olurdu. Hayatta birçok şeyi onun sözlerinden aldığım cesaret ve inançla başardım. Ve aynı zamanda bu hayat bana düşündüğüm her şeye inanmamayı öğretti. İnsan hep sahilden yürüyerek denizleri aşamıyor. Karşı kıyılara ulaşmak için dalgalarla boğuşmak gerekiyor. Bu mücadele içinde sana gerekli olan birçok şeyi, boğuştuğun denizde düşürüyorsun. Saklaman gereken en önemli şeyi düşürmedikten sonra sorun yok. O da inanç...

İnancını hiç kaybetmedi amcam. Tek başına büyüttü Cihan'ını. Pazarlarda çorap sattı. İnşaatlarda bekçilik yaptı. Namerde muhtaç olmadan yetiştirdi oğlunu. Hiç unutmuyorum, bir gün bizim eve yemeğe gelmişlerdi. İlkokula gidiyordu Cihan. Salonda otururken amcamın çoraplarındaki deliği, parmaklarını büzüştürerek saklamaya çalıştığını fark etim. İçim burkuldu. Sonra yemeğe geçtik. Masada hep beraberdik. O gün annem güzel bir et yemeği yapmıştı fakat Cihan pek yemek istemiyordu. Bir ara amcam kulağına eğildi ve, "Hadi oğlum, ye şunu... Bir daha nerede bulacağız eti?" dedi. Bunu bir tek ben duymuştum. Evlerine et girmediğini, o akşam yemeğinde öğrendim. Gece başımı yorganımın altına sokup sabaha kadar ağladım.

Çoğu zaman lokantalardan yarım kalmış pideleri, ekmekleri toplayarak eve getirirmiş amcam. Bir keresinde de Cihan'la birlikte ekmek fırınında kuyruktayken babam duymuş, "Baba ne olur bir kere de taze ekmek al fırından," demiş Cihan. Daha ucuz olduğu için bayat ekmekleri almak zorunda kalıyormuş amcam. Onun gururundan bahsederlerdi hep. Hatta kızarlardı ona. Hiç yardım kabul etmezdi. Bir gün bir arkadaşım ona bir belediye otobüsünde rastlamış. Elinde bir poşet, poşetin içinde bir gofret... Son parasını vermiş o gofrete. Halk otobüsündeki muavine, bilet parası olmadığı için bir elma uzatmış. Gülümseyerek kabul etmiş muavin. O gofreti afiyetle yerken, işte bu gerçeği bilmiyordu Cihan.

Oğlunun en ufak bir başarısında çocuklar gibi seviniyordu amcam. Hele ki Anadolu lisesini kazanınca... Üstelik dersleri çok iyi olduğu için küçük bir burs bile kazanmıştı. Bu başarı aylarca güldürdü yüzlerini. Bazen hayat o kadar yabancılaştırır ki kendini, zaten olması gerekeni bir lütufmuş gibi sunar. Ve insanoğlu sevinçle karşılar bunu.

Cihan, bir liseliydi artık. Bir gün okuldan geldiğinde, babasını evde ağlarken buldu. Niye ağladığını öğrenmek çok zor olmamıştı. Babası evi düzenlerken, annesinden kalma birkaç parça eşyayı bulmuştu eski bir sandığın içinde. O sandık hiç açılmazdı. Karısının ölümünden sonra ilk kez dokunmuştu o sandığa amcam. Küçük bir bohçanın içinde yengemin Cihan için ördüğü bir çift patiğe dokununca elleri, sarsıla sarsıla ağlamaya başlamıştı yaşlı adam. Karısının ellerinin dokunduğu son şeydi onlar. Deldi geçti içini...

Hayat akıp gidiyordu. Ve hayatın gayesi, gayesi olan bir hayat olmalıydı.

Yaşadığı en büyük acı değildi bu. En büyük acı, Cihan üniversiteye başladığı yıl çıkageldi hayatlarına. Lenf kanseri... Cihan lenf kanseriydi...

Şanssızlık bir türlü yakasını bırakmadı amcamın. Yıllarca o illet hastalığın tedavisi için uğraştı. İnancını hiç yitirmeden... Hayat, karısını ondan almıştı, ama oğlunu almasına izin vermeyecekti. Savaşacak ve yeneceklerdi bu hastalığı.

Geride kalan acıları unutturuyordu yeni acılar. "Unutulan her şeyin yerini yeni unutulacaklar alır," derdi amcam. Gerçekten de öyle oluyordu. Belki amcam çoktan unutmuştu ama ben unutmadım onun kucağında tahlillerle Cihan'ın elinden tutarak bir kuyumcuya girdiğini, kuyumcuya hiçbir şey söylemeden parmağındaki alyansı çıkarıp uzattığını. Kuyumcu parayı verdikten sonra yine hiçbir şey söylemeden oğlunun elinden tutup, başını öne eğerek devlet hastanesine geri döndüğünü. Eczaneden ilaçları alırken, reçeteyi korka korka uzatarak, "Bak bakalım evladım, ne kadar tutuyor?" deyişini... Unutmadım. Unutamam...

Ve unutmadım, o yaşlı adamın bir gün su siparişi verdiğimde sırtında on dokuz litrelik damacanayla kan ter içinde bizim kata kadar çıktığını. Ağzım açık kalmıştı amcamı gördüğümde. "Amca!" diyebildim sadece. "Çalışmak ayıp mı evlat?" deyip gülümsemişti giderken. Taşıdığı damacananın üstünde "Su hayattır..." yazıyordu. Acı acı gülümsedim o yazıya.

Cihan'ın tedavi masrafları için gece gündüz çalışıyordu amcam. Tam iki yıl sürdü bu mücadele. İki yıl sonunda kazanan Cihan oldu. Oğlu kanseri yenmişti. Cihan iyileştikten sonra amcam daha da üstüne düşer oldu. Hastalık tekrar etmesin diye inanılmaz bir özen gösteriyordu. Gece uyurken bile terlemesin diye üç kez sırt bezini değiştiriyordu. Kendisi evde yokken belki terli terli su içer de boğazı şişer diye, buzdolabına soğuk su bile koymuyordu.

Cihan'ın askerlik çağı geldiğinde, hep birlikte uğurladık onu. Otobüs hareket edene kadar gülerek el salladı oğluna. Otobüs perondan çıkar çıkmaz bıraktı tuttuğu gözyaşlarını. Giden otobüsün arkasından bakakaldı dakikalarca. O gün daha bir çöktü amcam. Yarım saat sonra da fenalaştı. Hastaneye kaldırdık. Enfarktüs geçirmişti. Neyse ki kolay atlattı benim güçlü amcam. Cihan bunu hiç bilmedi.

Sonra bir gün evin sokağa bakan kapısında, merdivenlerin üstünde otururken amcam, askeri bir araç yanaştı kapıya. İçinden üst rütbeli subaylar indi. Amcamın elinden tuttu biri. Anladı amcam... Dudaklarından sadece, "Vatan sağ olsun," sözü döküldü. Şehit olmuştu Cihan...

Hiç ağlamadı amcam. Ne kortejde oğlunun resmini taşırken, ne bayrağa sarılı tabutuna dokunurken, ne de üzerine toprak atarken... Hiç ama hiç ağlamadı amcam...

O günden sonra da hiç konuşmadı. Her gün şehitliğe gidip oğlunun toprağını suladı. Bir de çok seviyor diye bir kavak fidesi dikti Cihan'ın mezarına. Uzadıkça uzasın diye. Üç yıl boyunca baktı, suladı, öptü. Kavak büyüdü, uzadıkça uzadı... Sonra konuştu, dili çözüldü amcamın. İlk kez o ağaca seslendi. "Büyümüş benim kınalı kuzum. Kurban olurum ben sana oğlum. Uzamış da uzamış, kavak ağacı olmuş benim Cihanım."

Bir insan nasıl dayanırdı bunca acıya? Nasıl ayakta kalabilirdi bu kadar?

Üç yıl konuşmayan bir adama ilk olarak ne söylenebilirdi peki? Öylece baktım gözlerine, "Nasıl tükenmedin amca?" der gibi. Sanki anlamışçasına cevap verdi o da... "İnsanı tüketen sahip olamadıkları değil, sahipken kaybettikleridir."

Sustum. Hiçbir şey söyleyemedim. Gözlerim doldu. Sadece, "Yaşıyorsun ya, hâlâ nefesini duyabiliyorum ya... Bu en büyük teselli," diyebildim. Artık iyice çökmüş olan gözleriyle bana baktı ve, "Yaşamıyorum, yalnızca hayatta kaldım," dedi. Yine sustu. Uzun zaman konuşmadı. Sonra anlatmaya başladı: "Eminim herkes gibi sen de nasıl dayandığımı, Cihan'sızlığa nasıl alıştığımı merak ediyorsun," dedi. Evet, merak ediyordum ama sormaya cesaretim yoktu. Devam etti amcam: "Anlatayım. Cihan şehit düştüğünde, Srebrenica Katliamı'nda vurulan dört yaşında bir çocuğun sözleri geldi aklıma. Çocuk ölmeden önce annesine neyi sormuş biliyor musun? 'Anne,' demiş. 'Askerler, çocukları küçük kurşunla öldürürler değil mi?' Bu soruya nasıl bir cevap verebilir bir anne? Benim oğlum vuruşarak öldü; ama o çocuk, bir katliamdan sonra, çocukların küçük kurşunla öldürüldüğüne inanarak göçtü bu dünyadan. Ya o çocuk Cihan olsaydı?" Son sözleriyle birlikte ağlamaya başladı amcam. "Ben ona hasta olmasın diye soğuk su bile içirmemiştim," dedi. Kalkıp gitti sonra. Onu bir daha hiç gören olmadı. Ta ki o yılbaşı gecesine kadar.

Elim kolum bağlanmıştı o gece. Onu uzaktan izledim. Sustum izledim. İzledim sustum. Bunca yıl ve bunca acı sonra ne diyebilirdim ki? Yoldan geçen bir yabancıdan, gidip o adamın tüm balonlarını satın almasını ve bana getirmesini rica ederek para verdim. Yabancı, şaşırarak yaptı istediğimi. Bir tek o yabancı değildi şaşkın olan. Amcam da çok şaşkındı. Tüm balonlarını satın alan bu yabancıya hem tebessüm hem de şaşkınlıkla bakıyordu. Uzun sürmedi bu durum. Amcam sessizce geceye karıştı. Havai fişekler patlamaya başlamıştı Taksim'de...

Meğer o gece onu son görüşümmüş. İki gün sonra gazetelerin birinde, bir üçüncü sayfa haberi olarak okudum ölümünü. Ardında bir mektup bırakarak intihar etmişti. Evet! O da tutunamamıştı. Oğlunun ve karısının yanına gitmişti sessizce.

Meğer o gece, evine dönerken yolda soyulmuş, tüm parası alınmış ve fena halde dövülmüştü yaşlı amcam. Güçbela evine gidebilmiş ve bir mektup yazarak hayatına son vermişti.

Şimdi ondan geriye, giderken arkasında bıraktığı bu mektup kaldı.

Merhaba oğlum, merhaba karıcığım...

Yarın senin doğum günün oğlum. Eğer yaşasaydın, yarın yirmi sekiz yaşına girecektin. Ben de bu gece biraz daha fazla çalışıp sana bir doğum günü pastası yaptırabilmek için uğraştım. Sensiz senin doğum gününü kutlamak o kadar acı ki... En sevdiğin pastadan yaptıracaktım sana. Mumlarla süsleyecektim. Sonra bütün pencereleri açıp rüzgârlara söndürtecektim o mumları. Rüzgârı nefesin bi-

lecektim. Olmadı oğlum, olmadı Cihanım. Yolumu kesti insan müsveddeleri. Kazandığım bütün parayı aldılar benden. Çok dövdüler beni oğlum. Yaşasaydın gelir beni kurtarırdın biliyorum. Kendimi savunamadım. Çok güçsüzüm artık. Yaşlıyım. Böyle dayak yemek, benim yaşımda biri için onur kırıcı. Ben bunu hak edecek bir şey yapmadım.

Belki de oradan bana bakıp gülüyorsunuz halime. Bu mektup bitsin sorarım ben size. Yanınıza geliyorum. Az kaldı. Evet oğlum... Annene söyle vazgeçtim ben, yaşamak denen bu illetten. Hayat hiçbir yanlışı düzeltmedi, sadece biz o yanlışlara alıştık. Tutunamadım oğlum, tutunamadım karıcığım. Affedin beni. Buraya kadarmış her şey. Kendimi kaybettiğimde bulduklarım, kendimdeyken kaybettiklerimmiş. Kimse hatasız değildir. Ne ben, ne siz, ne de başkası. Önemli olan farkındalıktır. Hatalarımızın ne olduğunu bilerek yaşamak pişmanlık değildir. Belki bir hata daha yapmak üzereyim şu anda. Ama neyse ki bu son hatam olacak.

Öyle zor ki bu şekilde yaşamak. Her gece merdivenlere kulak kesilip ayak seslerinizi beklemek. Geceleri kalkıp kalkıp kapıya koşmak. Ha geldiler, ha gelecekler diye... Pencere kenarlarında sabahlamak... Öyle zor ki... Kalbim titriyor, hayat çok soğuk artık. Yanınıza geliyorum ısıtın beni diye. Hayat ölüme giden bir köprüdür. Ve ben artık o köprünün sonuna varmak üzereyim. Hayat kısadır ama kendini sonsuzmuşçasına sunar insana. Ben yenildim artık bu oyunda. Meğer her oyunu, oyun sanmamak gerekiyormuş. Hayatıma son veriyorum diye bana kızmayın. İntihar, ölümden çalınmış bir intikamdır.

Hoşça kal dünya...

Böyle yazmış ve uçup gitmiş bu kirli dünyadan. Mektubu okuduktan sonra odama geçtim. Yatağımın üzerinde duran balonları pencereden dışarı bıraktım. Götürdüğü yere kadar götürebilsin diye rüzgâr... Belki ben de amcamın nefesini hissederim. Bir tek o en kırmızı olan balonu vermedim rüzgâra. Yavaşça düğümünü çözüp içime çektim, balondan dışarı fışkıran havayı. İrfan amcamın nefesiydi o çektiğim.

İçimdesin şimdi İrfan amca... Ciğerlerimde...

Ciğerim yanıyor...

Ciğerim yanıyor...

Affet bizi amca!

Allahım beni, düştüğüm uçurumları derin bir aşk zannetmek yanılgısından koru.

Adım adım ilerleyerek büyüttüğüm bir aşkı, geriye doğru unutarak terk ediyorum. Geriye doğru unutuyorum seni sevgili. Belki senin en güzel yerinde vazgeçerim diye.

Hatıraların üstü hatıralarla kapanmaz.

Terk etmesini istiyorsan çok sev.

Sevdiğini sürekli kendine benzetmeye çalışırsan aşk olur; sevdiğin sana benzemeye başladığındaysa aşk ölür.

Kaybedenler; tutunamayanlar değil, vazgeçenlerdir.

Belki ben şimdi gidenim ama başka bir tene dokunduğunda asıl sen olacaksın terk eden.

Şiir, şairin ağzının hem kilididir hem anahtarı.

Ardında öyle bir ben bıraktın ki... sana benzedim adeta. Senin hatalarının bedelini başkalarına ödetiyorum.

Gidişin kendime merhabamdır.

Ben açar sen solarım.

Ter kokusu gibidir hata. Kendindeki kokuyu duymazsın ama başkalarındakini hemen alırsın.

Sen iyi ol yeter. Bende sızlasın her yaran.

Başkalarının gözlerindeki ışığı görebilmemiz için, önce kendi gözlerimizdeki karanlığı aydınlatmamız gerekir.

İğneler, yeni delikler açmadıkça yaraları dikemez.

Onurumla Yaşama Hakkımı Kaybettim

Onu son gördüğümde göz altlarındaki halkalar iyice belirginleşmiş, gözlerinin feri sönmeye başlamıştı. "Ayla, neyin var senin?" diye sordum. Hiçbir şey söylemeden yanımdan geçip gitti. Sanki beni hiç tanımıyor gibiydi. Bembeyaz bir yüzle, bakan ama görmeyen gözlerle şehrin kalabalığına karıştı.

Okulun en başarılı öğrencilerinden biriydi Ayla... Her zaman rol model olan, sınıfta parmakla gösterilen, başarılarını girişkenliği ve azmiyle perçinleyen biriydi. Herhangi bir sosyal faaliyet söz konusu olduğunda, Ayla hemen atılır ve tüm sorumluluğu üstlenirdi. Altından kalkamayacağı iş yoktu onun. Yaşıtlarından çok daha olgun, akıllı ve güzeldi. Ona baktığım zaman hep ilerde çok iyi yerlerde olacağını düşünüyordum. Liseyi birincilikle bitirip Boğaziçi Üniversitesi'ni kazandığında da ne kadar haklı olduğum çıkmıştı ortaya. Hepimiz farklı okulları kazandık ve yollarımız ayrıldı. Birkaç kişinin dışında kimsenin kimseden pek haberi olmadı. Ama Ayla'nın Boğaziçi'ni kazandığını hepimiz öğrenmiş ve hiç şaşırmamıştık.

Asıl hikâye de işte o zaman başlamıştı. Ayla, üniversiteye başladığı yıl, üst sınıflardan bir çocuğa âşık olmuş. Çok fena tutulmuş. Hikâyenin kalan kısmını Ayla'dan dinleyelim:

Onu görür görmez âşık oldum. Her şeyiyle bir başkaydı. Etrafına neşe saçıyordu sürekli. Bütün kızlar ona hayran hayran bakıyordu. Ama o, birden beni fark etti. Onca güzel kızın arasından bakışları beni seçti. Nasıl olduğunu anlayamadan yanıma gelip elini uzattı. Gözlerime uzun uzun baktı ve, "Merhaba, ben Ayhan," dedi. Elimi uzattım ve, "Ben de Ayla," dedim. İşte böyle tanıştık onunla. Her şey çok hızlı ilerledi. Âşık olmuştum. O da âşıktı sanırım. Birlikte çok güzel vakit geçiriyorduk. Ta ki onun bir uyuşturucu bağımlısı olduğunu öğrenene kadar... Bir gün evinde bir şırınga gördüm. "Bu nedir?" diye sorduğumda bana kaçamak cevaplar verdi. Ona, "Benim aklımla alay etme Ayhan," dedim. O da açıklamak zorunda kaldı. Sevgilim bir bağımlıydı. Bunu öğrendiğimde dünya adeta başıma yıkılmıştı. Birkaç gün kendime gelemedim. Bir karar vermek zorundaydım. Bırakıp gitmek bana yakışmazdı. Onun yanında kalıp savaşmalı ve onu bu illetten kurtarmalıydım. Onu uyuşturucudan uzak tutmak için evine taşındım. Artık benim gözetimim altında olacaktı. Sürekli, "Başaracaksın, başarmalısın..." diyordum.

İlk günlerde beni dinliyordu. Ama sinir krizleri geçirmeye başladıktan sonra onu zapt etmek imkânsızlaşıyordu. Duvarları yumrukluyor, bana bile saldırmaya kalkıyordu. Sonra ne yapıp edip ufak bir parça doz buluyor ve yatışıyordu. Saatlerce konuşuyordum onunla. "Hayatından çıkarmalısın bu boku!" diyordum. İnanmıyordu. İnanmadı hiç.

"Bu illet bir alışkanlık değil bir bağımlılık," diyordu. "Nasıl yani?" diye soruyordum. "Sigara tiryakilerini düşün. Her yemekten sonra bir sigara yakarlar. Her yemekten sonra bir sigara yakmayı istemek bir alışkanlıktır ama o sigarayı yakmadan duramamak bir

bağımlılıktır. İçini incitene gözyaşı dökmek bir alışkanlıktır ama o inciteni hep istemek bir bağımlılık. Sevdiğin birini her gün görmeyi arzulayabilirsin, bu da bir alışkanlıktır. Ama onu görmeden yaşayamamak bir bağımlılıktır, anlıyor musun beni?"

Anlamıyordum onu. Hiç anlamadım, anlamak istemedim. İnandığım tek şey insan iradesiydi. İradeyle o zıkkımı yenebilirdi insan. Sigarayı bırakanlar nasıl bırakıyordu? Ayhan da bırakabilirdi işte. Yeter ki istesindi...

"Bak aşkım," dedim ona. "Bağlılıkla bağımlılığı karıştırma. Beni seviyorsun değil mi? Bana bağlısın yani. Ama bensiz de yaşayabilirsin. Çünkü bana sadece bağlısın, bağımlı değilsin. Uyuşturucu da böyle işte. Bence sen bağımlı değilsin. Yapabilirsin!" Bana, inanmayan gözlerle baktı. İçini dökmeye başladı: "Ben istemiyor muyum sanıyorsun bırakmayı. Kolay mı böyle yaşamak? Bu kadar âciz bir durumda yaşamak kolay mı? Sen saatlerce bir sandalyenin tepesinde oturabilir ya da rahat bir yatakta yatabilirsin. Vücudunun ağırlığının etini ezmesi seni rahatsız etmez bile. Ama ben yapamıyorum bunu. Senin etlerinin ağrımasını engelleyen hormonların salgılanıyor vücuduna... Ama benim salgılanmıyor. Oturmak, yatmak, hatta gülmek ve konuşmak bile ağrıtıyor bedenimi. Çünkü vücuduma uyuşturucuyu dışardan aldığım için, artık benim vücudum ihtiyacım olan o doğal uyuşturucuyu salgılamıyor! Sen bilmezsin bunun nasıl bir yaşamak olduğunu. Bu illeti kullanmak bir hastalık değil, bir karar. Tıpkı bir uçurumdan kendini aşağı atmaya karar vermek gibi. Hızlı bir ölüm belki. Ölenleri gördüğümde bile oynamaktan vazgeçmediğim bir ölüm oyunu. Nasıl ki bir kumarbaz kazanmak için değil, kaybettiklerini geri almak için kumar oynuyor ve her seferinde bilinen sona doğru gidiyorsa, işte benim durumum da öyle Ayla!"

"Boynunda görünmez bir tasma taşıyorsun Ayhan. Sana bakınca, rezillikle yüklü bir düşüşle her gün yüz yüze gelmenin ne demek olduğunu anlıyorum. Bağımlılıktan bahsediyorsun. Bağımlılık da bir tür yalnızlıktır aşkım. Seni aldatıyor bağlandığın. Seni, senin ölümünle aldatıyor hem de. Daha ne kadar borçlanacaksın bu keyif tefecisine? Bu gayrimeşru unutturucu, daha ne kadar karşılayacak vücudunun ödül ihtiyacını? Öldürecek seni bu ahmak benzini! Lütfen Ayhan! Hayata dön. Bana bir bak lütfen. Sevdiğin, aşkım dediğin insana bak. Bağımsızım ve her şey çok güzel."

"Sen, bağımsızlığına bağlanmışsın; ben, bağımlılığıma. Artık çok geç aşkım. Kısa mutluluklara uzun ölümler sığdırmaktan vazgeçmeyecek kadar geç. Efendisi olduğumun kölesine dönüşmüşüm ben. Her şeyin farkındayım. İçimdeki bu oyunun bile. Evet! Belki oyun benim ama top başkasının. Zamanı gelince alıp gidecekler. İnsan, ruhundaki yaraya nasıl yara bandı yapıştırabilir ki? Her şey için çok geç aşkım. Ben ruhumu kustura kustura öleceğim biliyorum. Hayallerimi kâğıt gibi buruşturuyorum. Ölüme benziyor üzerimdeki elbise. Ne rengi bana uyuyor ne biçimi. Beni sıkıyor, öldürüyor. Yatağımda bile bir çöplükte gibiyim. Ne yatağıma sığabiliyorum ne kendime. Benim kadar ölmediğin sürece bunu bilemezsin asla. Her günü ölümle savaşarak bitirip bugün de ölmedim diyerek yatmak ve sabah yine savaşa başlamak... Bir tek uyuşturucu aldığımda gerçek oluyorum sanki. Her şey güzel oluyor o zaman. Bir zaman sonra da, her şey güzel olunca güzelliğin ne anlamı kalıyor diye soruyorum kendime. Kendimi görebilmek için kendimden uzaklaşmalıyım. Ama nasıl?"

Günlerce konuştum onunla. Mutlu olmak için uyuşturucuya ihtiyacı olmadığını söyledim. İnsanların yıllarca çalışıp didinerek elde ettikleri mutluluğu, kendisinin bir doz kimyasalla hak etmeye çalıştığını söyledim. Ona masallar bile anlattım. Yaratıcının, insan için bir mutluluk deposu ayırdığını ve o depoda insana ömür boyu yetecek kadar mutluluk olduğunu, bu mutluluğu yaratıcının insana azar azar, yettiği kadar verdiğini anlattım. "Sen o depodaki mutluluğu uyuşturucuyla çatır çatır alıp hızlıca bitiriyorsun," dedim. Değişen hiçbir şey olmadı. Sonunda onu kendi ellerimle götürüp hastaneye yatırdım. Üç ay süren bir tedavi sürecinin ardından çıktı. Artık iyileştiğini söylemişti. Ama yine olmadı. Cebinde uyuşturucuyla yakaladım. Artık gücüm kalmamıştı. Ben ona bırakabilirsin dedikçe o bırakamam diyordu. Ve son kararımı verdim. Ona bu illetin bırakılabileceğini kanıtlamak için ben de uyuşturucu aldım. Yapma diye yalvardı. Dinlemedim. Üç kez aldım o lanet şeyi. Ağlaya ağlaya, yıkıla yıkıla... Ona bu zehrin beni esir edemeyeceğini kanıtlayacaktım. Kendimi bilerek alıştırdım o zehre. Bırakabildiğimi görebilirse o da bırakırdı belki. Bu benim son umudumdu çünkü.

Ayla'yı son görüşümün üzerinden üç gün geçmişti. Gazetenin birinde, bir otel odasında aşırı dozda uyuşturucudan ölen birinin haberi vardı. Son vuruşunu yapmadan önce aynaya rujuyla, "Onurumla yaşama hakkımı kaybettim, affedin!" diye yazmıştı Ayla.

Aşkı bilmemek, hiç yemediğin bir yemeğin lezzetini, yediğin tüm yemeklerde aramak ve bulamamaktır.

Aşk iki mevsimdir; bahar olduğunda geldi dersin, sonbahar olduğunda geri döndü.

Geçmişteki hatalara, "Sahip çıkmak" için değil, tekrar etmemek için bakmalı insan.

Kimi hatalar pişmanlık verir, kimi hatalarsa ders.

Elin avucun yaralanınca kan akar, kalbin yaralandığında ise, gözyaşı...

İnsan bazen olana değil de olmayana ağlar.

İnsanlara nasıl olunması gerektiğini öğret, nasıl olunmaması gerektiğini değil.

Hayat sana hep tersten bakar.

Vicdan iyi bir gardiyandır.

Hayat sadece soluk alıp vermek değildir. Bunu en iyi solunum cihazına bağlı yaşayanlar bilir.

İnsan, hayallerinin yönetmeni, senaristi ve oyuncusudur. Olmak istediğimiz ile olduğumuz arasında, yokluğa yatık bir var olma halidir. Hayata verilen bir cevaptır. Hayalden kaçış yoktur, hayale kaçış vardır. Gerçekte kalırsın, hayalde yaşarsın. İnsan, kendi hayatının yolunda kendisinin kaçak yolcusu olarak sadece hayallere tutunarak yolculuk yapabilir. Hayal güzeldir. Kendi ellerinden tutabilirsin...

Beynimdeki morfin gibisin; yoksan varım, varsan yokum.

Parayı herkes sever. Mühim olan ne için sevdiğindir. Harcamak için mi, cimrilik için mi?

Hep aklımdasın da aklım başımda değil.

Bardağın hep boş tarafını görenler, sürahinin yüzde doksanının dolu olduğunu bilenlerdir.

Bir ilişkiyi kurtarmak adına sunulan çözümler, zamanla problemin kendisi haline dönüşebilir.

Müzik ruhun duasıdır.

Yarım Sevgili

"Hayat kiminin ağzında kıtlama şeker, kiminin ağzında kıtlama jilet. Sen hayata yenilmemek için ayaktasın; ben, sen yenilme diye… Sen bana kanma yarım sevgilim, ben sana zaten kanıyorum," dedi yürürken. Sahile indi elinde bir kâğıtla. Gemi yapacak sandım ilkönce. O, tuttu bir şiir yazdı sessizce. Yaşadıklarına tahammül edemeyecek kadar yılgındı. Ondan öncesi yokmuş gibi sevmişti onu. Ama o gitmişti.

Ağlamıyordu. Yüzünde bir hüzün vardı sadece. Geriye doğru yaşıyordu biten her şeyi. Kiminin varlığı kemirir içimizi, kiminin yokluğu. Günlerinize yayıla yayıla büyüyen bir yoksulluk olur aşk. Bir suskuyu yazar çığlık. İçinde var olduğu yokluğu sahiplenemez de gider insan bazen… Sana düşeni senden almak için vardır hayat. Dikenleri kendinden başka herkese batan bir kirpi çaresizliği kalır size.

Eğildi kumlara ve, "Kendini bitirecek bir kıyamete sahip olarak adınla kirlenmek değil de nedir ölüme yürümek? Tırnak gibi uzadıkça kestiğin bir parçan işte," diye yazdı. Gülümsedi son kez. Bir dalga sildi götürdü yazılanları. Kendini hırçın dalgalara bıraktı. Geride, ölüme gidişi anlatan bir şiir kaldı.

Yarım Sevgili

Yalnızca içi yıkılmış bir bina gibi duruyorum ayakta.
Elimin tersiyle siliyorum dudaklarımdaki izini.
Gözlerimden iki damla acı süzülüyor.
Zaman içinden nasıl da yaralı çıkarıyor bizi.

Sahil sahil, kıyı kıyı, cadde cadde seni topluyorum bu şehirden… Giderken…
Kaçmıyorum sevgili.
Kaderden kaçılmaz, kadere gidilir.
Ve gitmekten çok, dönmek cesarettir.
Sonduk, yeniktik, bittik.

İçimde hiç düşmeyen bir kan ateşi.
Kalbimden çıkardım bütün terk edilmişlikleri.
Geriye kalabalık bir yalnızlık kaldı sanki.
Gözlerim kendi parıltısında unuttu ışığını.
Söyle sevgili!
Hiçbir şeyi olmayandan nasıl çaldın her şeyini?

Ey kendi kalbiyle oynayan çocuk!
En çok yarım kalmak yorar insanı.
Gidişin bile yarım... İçimde ağır aksak yürüyen bir ihtiyar gibi.

Kalem, kelime kusar; aşk, içimde kendi kuyusunu kazar.
Gece, kendini mermi gibi içime saplar.
İnsanın ağlarsa kalbi ağlar, gözleri yalan ağlar.
Benim yarım gidişli sevgilim!
Şimdi nasıl başlar geri dönmek dediğin?

Bilirim, kavuşmalar yeni bir ayrılığı hızlandırır bazen.
Razıydım yine de...
Uzattım da ellerimi...
Senin yüreğin elvermedi.

Sen yoksan ben neden vardım?
Neye yarardım?
Şimdi yağmurlar ıslanıyor gözyaşımla.
Duruladım kalbimi yalnızlığımla.

Sahil sahil, kıyı kıyı, cadde cadde seni topluyorum bu şehirden... Giderken...

Kendimi bekleme yorgunuyken şimdi, âciz kalbim yıkım emrini bekler.

Ve tanığıdır bütün aşkların şairler.
Oysa sana kullanılmamış bir ben sunmuştum.
Yaşama kuruyup, ölüme yeşerirken...

Ben ölürken ayağına dolanacak bir şiir yazdım sana.
Her kelimesi seni tökezletecek… Şimdi git… Git!

Gidişi de kalışı gibi yarım sevgili…
Yokmuş işte!
Hayat üstümü vermedi…

Âşık olan, fark edilmeyen ama fark edendir; âşık olunan, fark etmeyen ama fark edilendir. Fakat asıl trajedi vazgeçilmektir.

Aşk sana can verir ama sen hep ölürsün.

Erkek terk etmez, gider...

İçinde olmak istemediğin her boş meydan, sana hapishanedir.

Aynaya bakarken, aynayı göremezsin.

Yaşamak öldürür bazen.

Ne istediğini iyi bilmenin yolu, ne istemediğini iyi öğrenmiş olmaktan geçer.

Karşındaki insana mutluluğu nasıl bıraktığın önemlidir. Gelişinle mi, gidişinle mi?

Aklının kilidini okuyabilecek kadar usta bir çilingir değilim ben.

Bana sessizliğini bırakman, beni gürültüden ayırmadı; çünkü sessizliğin hiç bu kadar bağırmadı.

Bazen bir söz, taşıdığı anlamı, çıktığı ağızdan alabiliyor.

Gecenin aydınlığını görmeye çabalıyorsun ha bire. Oysa gecenin güzelliği karanlığındadır.

Bazen en iyi seçim vazgeçmektir. Yola yine devam edersin. Ve hayat sana vazgeçtiklerinle değil, seçtiklerinle ilgilenme kararlılığını öğretir. Çünkü geriye bakarak ileriye yürüyemezsin.

Kimi giden, kendisinden sonra gelecek daha iyi birine yer açar;
kimi giden de kendisinden sonra gelecekleri bile götürür.

Benden Sonrası Kim Bilir Kimlerin Başlangıcı

Öyle büyük hatalar yaptım ki senden sonra...

Bana sunduğun aşkın değerini bilmeden, senden sonra, aşkı yataklarda büyütenlere değer verdim. O yazdığın şiirleri şimdi daha iyi anlıyorum. Meğer ne çok yazmışsın beni. Ve ben ne çok anlamamışım kalbini. Sen, her hecende beni aşka çağırırken; ben, gidip buruşuk kelimelerle aşk taslayanlara inandım.

Öyle büyük hatalar yaptım ki senden sonra...

Sen, benimle ömrünü paylaşmayı düşünürken; ben, benimle bir simidi paylaşmayanlara hayatımı verdim. Senden sonra beni senin sevdiğinin milyonda biri kadar sevmeyenlere aşkım, ömrüm, bir tanem, canım dedim. Oyunların içinde kaldım. Şimdi bende bütün piyesler arkası yarım. Sustum senden sonra. Sessize aldım dilimi. Ne vakit seni anacak olsam, içim titredi.

Öyle büyük hatalar yaptım ki senden sonra...

Terk edildiğini bile anlamayacak kadar âşıktın bana. Ardıma bile bakmamıştım giderken... Ama şimdi o yollarda seni arıyorum adım adım. Pişman pişman. Ey ayak izleri kalbimde kalanım... Şimdi herkes biraz daha sen... Her saat biraz daha geç ve aylar fazla geliyor yıllara. Haksız bir tokadın, yüzde bıraktığı utangaç bir kırmızıyım şimdi, o kırmızıdan süzülüyorken yaşlarım...

Öyle büyük hatalar yaptım ki senden sonra...

Sen hiç yalanlar söylememiştin bana. Ama ben hep yalancılar sevdim senden sonra. Çünkü o kadar hazırdım ki inanmaya... Ve inanmayı sen öğretmiştin bana. Varken yoktun, şimdi yokken varsın. Demek ki varlığını anlayabilmem için yokluğuna ihtiyacım varmış. Bir yoklukta bulmuştun beni, bir başka yoklukta bıraktım ben seni...

Öyle büyük hatalar yaptım ki senden sonra...

Sen aşk dedikçe bana, ben, "Aşkın ölümsüzlüğüne inananlar, önce kendilerine ihanet ederler," dedim sana. Şaka sandın sözlerimi; ne de güzel gülümsedi gideceğimden habersiz gözlerin. Giderken anlamıyor işte insan, gittikten sonra gelecekleri...

Öyle büyük hatalar yaptım ki senden sonra...

İyi geceler demeden yatmazdın. Sabahları günaydınların eksik olmazdı. Hastalandığımda, sen de kendini hasta edecek kadar severdin beni. Senden sonra, giderken bir hoşça kal bile demeyecek kadar ruhsuz insanlar sevdim ben. Öyle pişmanım ki sevgilim. Artık benden sonrası kim bilir kimlerin başlangıcı. Meğer seni hayattan düşünce yarım kalıyormuş insan. Bunu geç fark ettim. Özür dilerim.

Geri dönmeye yüzüm yok biliyorum. Sakın bunları kendimi affettirmek için yazdığımı sanma. Ben kendime uzun ve acılı bir yol seçtim. Bu yol, her aşka ana avrat dümdüz gidiyor. Böyle bir yolda hayata kaç şeker atsam tatlanır?

Öyle büyük hatalar yaptım ki senden sonra...

Seni benden çıkarınca, önce beni sana böldüm, sonucu acılarımla topladım, seninle çarpılan kalbime sensizliği ekledim, ne yapsam ne etsem bir adam edemedim.

Aşk, hayatı tek başına sırtlayamayanlara verilmiş bir cezadır.

Aşk, önce seni insan yapar, sonra insanlıktan çıkarır.

Bilgisizlikle cahilliği birbirinden ayıramayan, her ikisini de tehlikeli görür. Oysa bunlardan sadece bir tanesi tehlikelidir; diğeri sadece eksiklik.

Hayal kurmak camdan bir çadırın içine uzanıp gökyüzünü seyretmek gibi bir şey... Hayal, "Gerçekten" daha güzel... Gerçekleşmeyen hayallerse kırık. En kötüsü de hangi hayal biliyor musun? Bazı şeylerin yeniden eskisi gibi olma hayali... Bir hayali daha en başında kırmak diye buna denir işte. Çünkü hiçbir şey eskisi gibi olmayacak.

En büyük kusurumuz, kusursuz olmaya çalışmaktır.

Ayrılığın cicim ayları, henüz özlem denen ateşte yanmaya başlamamıştır.

Geçmişini anlatmadığı için insanın şekline aldanırız.

İyi insanlar neden erken ölür diye soranlar: Sizin yüzünüzden!

Ah nerede o eski yaşlılar!

Acının a'sını bilmeyen, mutluluğun m'sinden anlamaz.

Saçlarını Rüzgâra Satan Kız

Azra:

(Ankara)

Hiç sevmiyordu bu yapay kenti. Gri bir kahır gibi geliyordu ona bu şehirde yaşamak. Ankara için, "Fazla gelişmiş bir köy," tanımını yapıyordu her sorana. Sanki tüm lüzumsuzluklar Ankara'yı mekân bellemişti... Bir kendini bir de ev arkadaşı Helin'i yakıştıramıyordu bu soğuk ve kuru şehre...

Yavaşça kalktı masadan. Hızlı adımlarla terk etti okulun kafesini. Helin, "Nereye Azra?" diye bağırdı arkasından. Duymadı. O an, duyamayacak kadar sağırdı herkese ve her şeye... Duymamanın verdiği o serin iç rahatlığıyla adımladı kampus yolunu. Yüzünde hâlâ o garip gülümseme vardı. Etrafına bakmadan hızlı adımlarla yürüdü. Beyninin içindeki sesi de duymamayı başarabilse, belki de kahkahalar atacaktı. Ama o ses, beynini yiyip bitiren o tiz ses, hâlâ çınlıyordu kafasının içinde. Bir an duraksadı ve, "Yeter artık sus!" diye bağırdı. Yüzündeki gülümseme yerini nefrete bırakmıştı. Birden bir el sıkıca kavradı kolunu. Arkasından ona yetişmeye çalışan Helin'di bu.

"Azra?"

"..."

"Sen iyi değilsin!"

"İyiyim ben! Bırak kolumu."

"Azra, nasıl iyi olmak bu anlamıyorum? Arkandan zor yetiştim. Kendi kendine gülümseyerek çıktın kapıdan. Sonra, sanki birine seslenir gibi, 'Yeter artık sus!' diye bağırdın. Sence iyi misin?"

"Bağırdım mı?"

"Evet bağırdın. Beni korkutuyorsun Azra. Söyle neyin var?"

"Canım sıkkın biraz. Biraz da başım ağrıyor Helin."

"Eve gidelim mi?"

"Olur."

Ev arkadaşıyla birlikte otobüse bindiler. Hiç konuşmadı Azra. Yanağını otobüs camına verip sustu öylece. Yüzünden Ankara geçiyordu. Gözünden, şehirlerarası bir yalnızlık süzüldü yanaklarına. Görenler kız ağlıyor diyecekti.

Dağınık bir öğrenci eviydi onları karşılayan. Hızlı bir ritüelle geçti el yüz yıkama, sofrayı hazırlama ve boş mideleri sevindirme faslı. O ağlayan kız gitmişti şimdi. Karşılıklı duran çekyatlara oturdular. Yemek masası öylece duruyordu. İkisi de yorgundu. Sonu belli bir kaçışın adıydı belki de yorgunluk... Direnememenin, yılgınlığın geçici bekçiliğinden geçiyorlardı... Yorgunluğun doruklarından... Yaşamak denen koşunun mağlubiyetindeydiler belki de... Belki de hayatı taşıyamamanın fark edilmez yenilgisinde...

Azra, sevdiği bir kitabı eline alıp okumaya başlamakla, yorgun vücudunu oturduğu yere yaymak arasında bir seçime zorladı bünyesini. Hiçbir şey düşünmek istemiyordu. Helin'e baktı boş gözlerle. Bir çift siyah göz, endişeyle kendisini izliyordu. Birazdan, "Neyin var?" diye soracaktı. Ve buna verilebilecek hiçbir cevabı yoktu Azra'nın. Okul bitmek üzereydi ve Azra, istemediği bir bölümü okumuş olmanın iç huzursuzluğuyla mezun olacaktı. İçinde bambaşka hisler dolaşırken, neyin acelesiydi ki istatistik okumak? "İyi misin?" diye sordu Helin. Gözlerini gözlerinden kaçırarak cevap verdi: "Yorgunum."

Bu sadece kendi eseriydi, biliyordu. İnsan evladı ustaydı kendini yormakta. "İnsanlarla arandaki duvarları ne zaman kaldıracaksın?" diye sordu Helin. Şimdi bu yanlış soruya doğru cevaplar aramak, boşa kürek çekmek olacaktı. Cevap vermedi. Kendinden vere vere kendinsiz kalmaktı sonuç... Biliyordu... Ve tüm sorular buradan geçmeliydi aslında. Hevesten yoksun kalmanın dolaylı haliydi yaşadığı. Bunu ancak kendinin dışına çıkınca anlıyordu insan. Kendini onarmanın yoksunluğuyla acıdı içi; kendini onarmak neyin güzelliğiydi ki başkalarını yaraladıktan sonra... "Ben masayı toplayayım," diyerek kalktı ve masada duran kirli tabaklara yöneldi. "Yaşamak'ın kaçınılmaz götürüsü içindeyim," cevabını verse şimdi, anlayacak mıydı ev arkadaşı? Helin, ona karışmamayı daha doğru buldu o an. Televizyonun yalancı dünyasına bıraktı kendini. Birazdan uyuyakalacaktı. Kaçınılmaz son!

Bulaşıkları yıkarken sessizce düşünüyordu Azra. İnsan en çok bulaşık yıkarken düşünürdü. Hayatı sorgular, pişmanlık ve keşkelerini gözden geçirirdi. Salondaki insanların küçük esprilere attıkları büyük ve boş kahkahalar fonda tizleşir ve silikleşirdi hep. Musluktan akan zaman, kirleri silip geçerken aklardı seni... Gözler, tabakların üzerinden akan suları izlerken, aklı bambaşka yerlere giderdi insanın.

Sırf babası istediği için kendisinin istemediği bölümü okuyordu Azra. Sonra ne oldu? Babası onu terk etti ve gitti. Bir trafik kazası aldı babacığının kokusunu. Babasına âşık bir genç kızın bağrından koparılan bir baba, geriye ne bırakır bilir misiniz? Senin sandığın yollarda ayak izlerini bile bulamamayı ve hâlâ masaya kocası için tabak koyan bir anneyi... Ve ayağına takılan çakıltaşlarını yoluna kendi döşeyen insanların hayal kırıklıklarının üzerine serilen inançsız bir "Neyse"yi...

Bunları düşündü Azra; bulaşıklara bulaşan ellerinden akıyorken yüzünü taşımaktan yorgun halleri... "Ne zaman bu kadar yoruldun da bunu bilmedin Azra?" diye mırıldandı kendi kendine. Aynı yoldan binlerce kez geçip, aynı acıyı binlerce defa yaşayıp da hâlâ unutmadıkça, daha beter olmanın öyküsünü yaşıyorken bu beden, yıpranmayı yorgunluk sanmak yanılgısında olduğunu geç öğrenecekti.

Sessizce bitirdi işini. Düşünce sarmalları içinde, kendisine döngülerden döngü beğenmeye ara vererek hayatın hayhuyuna geri döndü. Salona girdiğinde, Helin'i televizyon başında uyur vaziyette buldu. Elindeki kumandayı alarak üstünü örttü. Uykunun, amaç değil de sonuç olduğunu bir kez daha duyumsadı. İnsanın kendine yaptığı en büyük gıcıklıktan yenilgiyle çıkmanın adıdır uyuyakalmak... "Keşke ben de böylesi bir teslimiyetle uyuyabilsem," diye geçirdi içinden. İki kişilik bir evde yapılacak bütün işler bitmiş, ev arkadaşınız uyumuş, okunacak bütün kitaplar okunmuş ve televizyon da izlememe gibi bir durumla karşı karşıyaysanız, işiniz çok zordur. Yatmak değil, uykuya geçmektir sorun olan... Uykuyu seven ama uykunun köpeği olmayan biriydi Azra. Ama o gece uyku çalmıyordu işte kapısını.

Bu sıkıntılarla girdi yatağa. Uykunun girdabına düşmeye daha çok vardı. Hele bir de, içine düştüğünüz hiçlik duygusu sizi uyutmuyorsa vay halinize! Uykuya gelin olamamayı sorgularsınız önce. Öyle ya, zihin pencereniz açıkken neler girmez ki içeri? İşte bu, düşünecek çok şeyi olan insanların her zaman yaşadığı bir sorundur. Önce tüm gününüzü, sonra hayatınızı sorgularsınız. "Keşke"leriniz ve "Ama"larınız tecavüz eder beyninize. Ne için ödediğinizi bilmediğiniz bir bedeldir o. Bir türlü uzlaşamazsınız kendinizle. Bir yanda pişmanlıklarınız, diğer yanda hayalleriniz vardır. Uyumak istedikçe uykunuz kaçar; uykunuz kaçtıkça uyumak istersiniz. Yoksa uyanamamaktan mı korkmaktır bu?

Hayat denen azgın rüzgâr, Azra'yı hep hayallerinden uzağa savuruyordu. Şimdi, uykusuna çağrılar yaptığı böylesi bir gecede, kendisini bir tiyatro sahnesinde düşlüyor. O en sevdiği tiradın son sözlerini söyledikten sonra sönen ışıkların ardından, seyirciden gelen çılgınca alkışların hayaliyle uyuşturuyor beynini. Diğer oyuncu arkadaşlarıyla el ele tutuşarak selamlıyor seyirciyi. Kalbi küt küt! Bu heyecan nasıl uyutur ki bir insanı yatağında?

Bu gece uçurumlara takılı kalıyor Azra. Neredeyse ölecek o sahnede. Aklın dehlizlerinde kıyısız kalmak ya da kıyılarda denizsiz kalmak kadar derin bir hiçlik yaşıyor şimdi. Uykusuna uyumakla, uykusuzluğa kanmak arası geçitlerde sürükleniyor. Bir düşten bir düşe geçişler yapıyor. Babasının cenazesini görüyor ara ara... Tüm bedeninin karanlığa karşı örgütlendiği bir isyanı taşıyor gözkapakları. Köhneleşmeye yüz tutmuş tüm bilinçaltıları şimdi yüzeyde yüzmekte. Çok zor olacak bu gece uyumak. Sorular soru işaretlerinin, soru işaretleri soruların ırzına geçiyor yine. Loş bir yalnızlığın imgesine esir düşmüşken, yalnızlığa alışkın olmayanların, aşırı dozda yalnızlıktan ölmesi kadar trajik bir sondur bu. Uykuyu içine çekerek çırpınmanın heyulasıdır. Kanlı bıçaklı hasım bu gece uyku... Yine de bu savaşın yorgunu kazanıyor hep. Birazdan kendini uykunun o yarı ölümüne teslim edecek olan Azra gibi.

Oysa aydınlığını kendi karanlığından doğuran zamanın oyunu değil miydi gece? Uykulara tecavüz eden bu ölümler silsilesi uykusuzluk yenilmek üzere. Rüya enkazlarından kendini doğuracak az sonra. Gecenin puştluğuna çareler üretecek. Belki de kâbuslara istediğini vermemek direnciydi Azra'yı bu kadar geç uyutan... Ama şimdi, sadece nefesi sorgulamakta huysuz geceyi ve çenesi düşen bilinçaltı çöplüğünün sesi, uykuya bırakmakta yerini... Babası olsaydı gelip saçlarını okşayacaktı. Ve Azra, daha çok okşanmak için uyuyor taklidi yapacaktı aşkı olan o dev adama.

O gece yine geldi babası rüyasına. İşte böyledir babasına âşık olan genç kızlar... Babasızlık denen o kör bıçağı, baba rüyalarıyla bilerler. Ve hiçbir anne ninnisi yerini alamaz o yoksunluğun.

(İstanbul)

Hayata hep kızgın ve kırgın gözlerle bakıyor. Merhametli, bir o kadar da sağduyulu…

İçinde yaşıyor her şeyi. İçinde taşıyor bilinmeyenleri. İçinde taşıyor… Her şey…

Azra hep kırgın… Bir o kadar da öfkeli. Yolda yürürken hep dalgın ve düşünceli. Akıl sır erdiremiyor insanlara. Sevemiyor kimseyi. Kimse de onu…

Daha yirmi dört yaşında. Hayalinde iyi bir oyuncu olmak yatıyor. Tiyatro için satıyor bu dünyanın gelmişini, geçmişini, geleceğini, her şeyini. Öyle sevdalı işte Azra oyunculuğa. Ankara'dan kalkıp geliyor İstanbul'a. Hayalinin peşinden koşuyor dur durak bilmeden. Sonunda yere çakılmak var diye düşmekten korkmuyor. Aç kalıyor, parasız kalıyor, yine de vazgeçmiyor. Kurtuluş'ta bir binanın bodrum katında yaşıyor. Tek göz oda, derme çatma birkaç eşya, kırık dökük bir yatak. Ve kırık dökük hayaller. Kimseyi almıyor yanına Azra. Hiç dostu olmuyor. Başkalarına doğru gelecek şeyleri söylemenin, kendini kandırmak olduğunu biliyor. Yargılamasınlar diye sessiz kalıyor Azra. Kimseyle konuşmuyor. Varsa yoksa kendisi gibi oyunculuğa gönül vermiş bir avuç arkadaş. Her akşam iş çıkışı toplanıyorlar oyun atölyesinde. İçlerinde bir tek Azra işten gelmiyor. Azra'nın bir işi yok çünkü. Çalışmıyor. Günübirlik işlerden ne kazanırsa onunla geçiniyor. Anketörlük yapıyor bazen sokaklarda, bazen de stant hostesliği büyük çarşılarda. Azra çok güzel bir kız. O yüzden devamlı yapmasını istiyorlar o işi. Kabul etmiyor. "Ben tiyatrocuyum," diyor. Aç kalıyor…

Kendisi gibi düşünen bir avuç idealist oyuncu adayıyla prova yapıyor her akşam. Yeni yazdıkları oyuna hazırlanıyorlar. Başrolde Erol ve Azra var. Rol arkadaşı da aynı kendisi gibi hırslı. Pek çok ortak yanları var. Ara verdiklerinde kahve içiyorlar hep birlikte. Bomboş sahnenin tam ortasında daire oluşturmuşlar. Bağdaş kurup oturuyorlar. Hayata dair ne varsa konuşuyorlar. Kimse kimsenin özel hayatıyla ilgilenmiyor. Kimse kimseye, "Sen nerelisin?" diye sormuyor. Herkes insan. Herkes bu dünyadan. Küçük tartışmalar yaşıyorlar aralarında. Hep sanata dair, işlerine dair. Uzlaşıyorlar her seferinde. Edebiyatla ilgilenenler de var aralarında. Erol mesela... Yeni yazdığı öyküyü gösteriyor arkadaşlarına. Kimi beğeniyor kimi dudak büküyor. Azra da dudak bükenlerden. Ama yine de güzel diyor öyküye. "Pek hoşnut değilmişsin gibi," diyor Erol. Gülümsüyor Azra. "Edebiyat dediğin, herkesin bildiğini herkese okutabilme sanatı değil midir?" diye soruyor. Sonra kendi veriyor yine cevabı. "Sen yazmışsın ve hepimiz ilgiyle, sonuna kadar okuduk. Bu yeter işte," diyor. Seviniyor Erol. Ayağa kalkıp alkış istiyor arkadaşlarından. Herkesin yüzünde bir gülümseme. Alkışlıyorlar mutlu mutlu. İçlerinden biri el çırparak, "Hadi bakalım miskinler tekkesi, devam ediyoruz provaya," diye sesleniyor. Devam ediyorlar. Sonra yine dağılıyorlar.

Herkes evine gidiyor. Hayata koydukları virgülden sonrasını yazmaya devam ediyorlar. Azra'nın bu gece evde yiyebileceği hiçbir şeyi yok. Cebindeki son parayla bir kitap almıştı eve dönerken. Karnındaki seslere aldırmadan gömülüyor kitaba. "Çok okumalıyım," diyor. Evde fareler cirit atıyor. Bir yokluğun içinde, yaşama tutunmaya çalışıyor Azra. Öyle bir yokluk ki, ne varlığı yok edebiliyor ne de kendini...

Yine sabah oluyor. Bodrumundan dışarı çıkmıyor Azra. Evdeki gazetelerden iş ilanlarına bakıyor. Belki bir anketörlük... Evet! Buluyor işte. Evine çok yakın. Yürüyerek gidebilir. Giyinip çıkıyor dışarıya. Hava serin. Üşüyor biraz. Karnı çok aç. Akşama kadar dayanmalı.

Kısa bir görüşme ve ellerine tutuşturulan anket formlarıyla sokaklara salınan bir grup genç... Aynı işi yapacak hepsi. Hiçbirini tanımıyor Azra. İçlerinden en zayıf olan kız yaklaşıyor yanına. "Birlikte yapabilir miyiz? Adım Ayten," deyip elini uzatıyor. Memnuniyetsiz bir biçimde sıkıyor kendine uzatılan eli.

Birlikte anket yapmaya başlıyorlar. Birkaç işten sonra mola veriyorlar. Ayten, yemek ısmarlamak istiyor. Onu daha iyi tanımak için iyi bir fırsat olduğunu düşünüyor. Kabul ediyor Azra. Karnı çok aç.

Adından başka hiçbir şeyini bilmediği bu kızla yemek yiyor. Kız sürekli bir şeyler anlatıyor. Azra dinliyormuş gibi yapıp başını sallıyor. Çok sıkılıyor. Bir an önce bitsin istiyor bu yemek. Ayten, lafı uzattıkça uzatıyor. Sonunda kalkıyorlar masadan. Tekrar işe koyuluyorlar. Akşam oluyor. Anketleri teslim edip paralarını alıyorlar. Ayten'in yüzüne bile bakmadan gidiyor Azra. Bir iyi akşamlar bile demeden. Aldığı para ona iki üç gün yetecek. Karnını doyurabilecek. Eve geliyor. Posta kutusundaki, evin su ve elektrik faturalarını görüyor. Bir öfke bulutu geçiyor yüzünden. Her iki faturayı da yatırabilir cebindeki parayla ama geriye hiçbir şey kalmaz. Yine aç kalır Azra. Öyle de oluyor.

Çok zor, büyük şehirde işsiz ve tek başına yaşamak... Bazen isyan ediyor her şeye. Keşke kalkıp gelmeseydim Ankara'dan diyor. Pişman oluyor. Ama sonra, akşam olup da prova saati yaklaşınca bir heyecan kaplıyor içini. Yüzü gülümsemeye başlıyor. Ve yeniden tutunuyor hayata. Sahnede o kadar mutlu ki... Sanki o, bu iş için yaratılmış. Bir gün çok başarılı bir tiyatrocu olacağına inanıyor. Bu inançla daha çok çalışıyor. Gece gündüz... Aç ve parasız...

Haftalar süren provalardan sonra, artık oyun günü yaklaştığında, tüm kadroyu bir heyecan fırtınası sarıyor. Erol, Şehir Tiyatroları'ndan bir yetkilinin oyunu izlemeye geleceğini ve beğenirse onlara büyük bir şans vereceğini söylüyor. Heyecanları iki katına çıkıyor bir anda. Bu, aynı zamanda iş ve para demek. Çok daha büyük bir azimle çalışıyorlar.

O gece onu eve kadar bırakıyor Erol. Daha doğrusu ona yolda eşlik ediyor. Tam evlerinin önüne geldiklerinde, "Geldik. İşte burası benim fakirhane," diyor Azra. Erol gülümsüyor. "Yarın görüşürüz o zaman," diyor ve elini uzatıyor. Azra onu eve davet edip etmeme konusunda tereddüt yaşıyor. "Acaba davet etmesem ayıp mı olur?" diye geçiyor aklından. Davet ederse de evde ona ikram edeceği hiçbir şey yok ama... Ne yapacağına karar veremiyor. Zaten konu komşu da görüp yanlış anlayabilir. Riske girmemek en iyisi diyor içinden. Sonra aklına o apartmanda zaten hiç kimseyi tanımadığı geliyor. Bu içine biraz rahatlık veriyor. Birden geriye dönüp, "Erol," diye sesleniyor.

Eve girer girmez bir çığlık atıyor Erol. Bunun nedeni küçük bir fare. Gülüyor Azra. "Seni havaya sıçratan o küçük şeyle yaşıyorum ben bu evde. Dikkat et, o benim tek erkek arkadaşım," diyor. Gülüşüyorlar. On dakika sonra yerde karşılıklı oturmuş bir vaziyette kahve içiyorlar. Erol, "Bardaktan daha güzel bir fikir. Hem dibinde hiç çöpe gidecek kahve kalıntısı kalmıyor," diyerek elindeki kahve kavanozunu gösteriyor. "Misafir umduğuyla değil, bulduğuyla karşılanır," diye karşılık veriyor Azra, elindeki kulpu kırık kupayı göstererek... Konuşmaya devam ediyorlar. "Başrol arkadaşımsın ama seni hiç tanımıyorum," diyor Erol.

"Tanımayan sadece sen değilsin. Hiç kimse hiç kimseyi tanımıyor zaten."

"Sorun da bu ya zaten. Biraz birbirimizi tanımalıyız bence. Böyle susarak neyi paylaşabiliriz ki birbirimizle?"

"Anlatabilmek, susmaktan geçer bazen."

"Hah! Tam adamına söyledin. Azra zaten sır gibi birisin. Bir de bilmece gibi konuşup kafamı karıştırma bari."

"Neyi merak ediyorsun ki?"

"İnsanların hayatlarını didikleyen tiplerden değilim merak etme. Ama en azından nasıl bir yerde yaşadığını biliyorum artık. Sadece buraya nasıl geldiğini merak ediyorum."

"Göçebe bir hayattan geldim ben buraya. Babam devlet memuru olduğu için hep oradan oraya savrulduk durduk. En son durak Ankara'ydı. Babam bizi bırakıp gitti orada. O şehirde hiçbir şey olamayacağımı anlayınca ben de tutup buralara geldim."

"Annen?"

"Annemin pek umurunda değildim. Gitme bile demedi bana. En çok da o oturdu ya içime zaten."

"Ben de benzer bir ailede yaşıyorum. Babam işadamı. Annem emlakçı. Bense sadece doğum günlerinde hatırlanan çocuk."

“Hep aynı hikâye değil mi? Hayatı sorgusuz yaşayanlara gıpta ediyorum bazen. Onlar bizden daha mutlu yaşıyor biliyor musun?”

“Bilmez olur muyum! Yine de üzülemiyorum onlar gibi olmadığıma.”

“Onlarla aramızdaki fark şu aslında... Benim uç uca ekleyerek yaşamayı seçtiğim ‘an’a insanlar zaman diyor.”

“Herkes bilmediği veya anlayamadığı hatalar ve yanlışlar içinde. Oysaki, hatalar ve yanlışlar iyi bir öğretmendir aslında.”

“Sana katılmıyorum Erol. Yanlış sayılardan doğru sonuç çıkmaz. Ama tutunabilmek için hayata, ille de bir teselli doğrusu lazımsa; bulduğun yanlış sonuç, yanlış sayıların doğru sonucudur zaten.”

“Haklısın. Hiç o açıdan düşünmemiştim. Yine de birçok şeyin, insanın kendi elinde olduğuna inanıyorum. Öyle insanlar vardır ki piyonken kendini vezir eder… Ve öyle insanlar vardır ki vezirken kendini rezil eder.”

Kahveleri bitmişti. Erol saatine baktı. Ayağa kalkarken, “Geç oldu, ben artık gideyim,” dedi. Azra da ayaktaydı şimdi. “Nasıl istersen Erol.” Onu kapıya kadar geçirdi. Kapıda kısa süren bir vedalaşma anı yaşadılar. Erol, tam yukarı doğru çıkacakken, üst katın kapısının açıldığını duydu. Birden geri döndü.

“Azra, istersen şu yukarıdaki kimse çıksın apartmandan, ben öyle gideyim. Bodrumda senden başka oturan yok. Senin evinden çıktığım anlaşılmasın. Komşular laf eder belki.”

"Aman yok be, saçmalama. Ben kimseyi tanımıyorum bu apartmanda. Komşuluk falan yok burada öyle."

"Sen tam İstanbullu olmuşsun ha!"

"Eh işte. Alışıyorum mega kentinize. Gerçi Ankara'nın da bu şehirden aşağı kalır yanı yok hani. Bir bardak su istesen kimse vermez yabancı diye. Öyle uzaklaşıyoruz ki birbirimizden, öyle köreltiyor ki büyük şehirler insan yanımızı; binalar yükseldikçe insanlık alçalıyor sanki."

"Bir dokun bin ah işit diye buna diyorlar sanırım. Hadi sana iyi geceler. Yarın geç kalma. Kendine iyi bak."

Yavaşça kapıyı kapadı. "Kendine iyi bak," diye tekrarladı Erol'un son sözünü. Salonun ortasına oturdu. Evin yukarda kalan küçük penceresine baktı ve, "Kendine iyi bakman neye yarar, kendin sana iyi bakmıyorsa?" dedi. Gözleri hâlâ o küçük penceredeydi.

Maddi imkânsızlıklar ve salon sorunu yüzünden, oyunun oynanacağı gün hep ileri ama belirsiz bir tarihe erteleniyordu. Süreç uzadıkça sinirler daha da geriliyor, "Artık ne olacaksa olsun"a doğru gidiyordu. Tam dört ay geçmişti aradan. Azra, zor günler yaşıyordu. Kış olduğu için artık eskisi kadar çok anket işi çıkmıyordu. Birkaç geçici işten kazandığı para da ne kirasını ödemeye ne de faturalarına yetiyordu. Evin elektriği kesilmişti. Geceleri mum ışığında kitap okuyordu. Kış olduğu için, daha fazla elektriğe ihtiyaç duyuyordu. Zaten bodrumda olan evi hiç güneş almıyor, saat dört oldu mu kararıyordu. Bazı sabahlar güneş kendini gösteriyor, karşı apartmanın camından yansıyan ışık, Azra'nın küçük penceresinden içeri girip yattığı yer yatağına vuruyordu. O zaman yüzünü güneşe vererek uykusuna devam ediyordu Azra. Sürekli battaniyenin içinde yaşamak iyice uyuşturmuştu vücudunu. Elektrik olmadığı için ısıtıcısını yakamıyordu. Evinde sürekli bir mahzen soğukluğu vardı. Çok üşüyor ve sık sık hastalanıyordu.

Ev sahibinden kaçar olmuştu artık. Dört aydır kirasını ödeyemiyordu. Arkadaşlarından aldığı borç paralarla haftada iki kez hamama gidiyor, pamuk gibi olup dönüyordu. Ama soğuk evde mutlaka her hamam sonrası üşütüyor ve ciğerleri yırtılırcasına öksürüyordu. Parası olmadığı için doktora da gidemiyordu. Belediyenin yoksullar için dağıttığı ucuz ilaçları alıyor ve iyileşmeye çalışıyordu.

Bu kötü günlerin geride kalması için her gün dualar ediyor, bir an önce oyunlarını sahneleyeceği günün gelmesini diliyordu. Tam da o günlerde beklenen haber geldi. Şehir Tiyatroları'ndan yetkili, onlara salon ve gün verdi. Hafta sonu gidip oyunlarını sergileyeceklerdi. Eğer istiyorlarsa oyunu izlemeye ailelerini de çağırabileceklerdi. Bu haberi alır almaz havalara zıpladı hepsi. Aylardır provasını yaptıkları, artık ezberlemekten eskittikleri replikleri sergileyebileceklerdi. Oyunu sergilemelerine tam üç gün vardı. Herkes evine gidecek ve iki gün dinlenecekti. Son gün son prova yapılacak ve oyun sergilenecekti.

Azra, bu sevinçle eve doğru hızlı adımlarla yürürken, birden ev sahibi çıktı karşısına. Adam, sert bakışlarını Azra'nın üzerine çevirerek, "Ya kiranın tamamını ödersin ya da hafta sonu evi zorla boşaltırım," dedi. Azra, hafta sonu oyunları olduğunu, eğer oyunu satabilirlerse toplu para alacaklarını ve tüm borçlarını ödeyeceğini söyleyip birkaç gün daha izin istedi. "Ben anlamam," dedi ve gitti ev sahibi. Hevesi kursağında kalmıştı. Son umudu oyunun beğenilmesindeydi.

Eve geldiğinde, sinirleri iyice boşalmıştı. Önce anlamsız anlamsız gülmeye, sonra hıçkıra hıçkıra ağlamaya başladı. Hayat neden bu kadar acımasızdı? Nasıl bir çıkmazda olduğunu bilse, çareler bile, derdini dert edinirdi. Hayattan çok mu şey istemişti? Küçük mutluluklarla yaşamasını bilen biriydi halbuki. Ama küçük mutluluklarla yaşayabilenler, küçük mutsuzluklarla da ölebiliyordu işte. Umuttu onu ayakta tutabilecek tek gerçek. Sessizce mırıldandı. "Allahım, bugüne mutluluk değil istediğim. Derdim yarına umutlu olmak."

O kadar karmaşıktı ki duyguları. Öyle bir uçurumun dibine gelmişti ki... Düşmek ve kurtulmak an meselesiydi. "Neden bu kadar acımasız hayat?" diye yine sordu kendine. Sonra ev sahibinin kendisine nefretle bakan gözleri geldi aklına. Kendi sorusunun cevabını yine kendi verdi: "Acımasız olan hayat değil, insan aslında."

Bütün bunlar kendi suçu değildi. Küsmemeliydi kendine. Vazgeçmemeliydi... Kendine küsmek, sessiz bir intihar biçimidir... Vazgeçmemeliydi. Direnmeliydi. Yeterince acımasız insana denk gelmeyen herkes, kendini çok güçlü hisseder. Azra, yeterince acımasız insana denk gelmiş ve gücünü de güçsüzlüğünü de sınama şansı elde etmişti artık. Neyi ne kadar başarabildiğini, neye ne kadar gücünün yeteceğini biliyordu. O hazırdı artık her şeye...

Oyun günü gelmiş çatmıştı. Tüm ekip hazırdı kuliste. Erol, arkadaşlarını toplayıp son bir konuşma yaptı:

"Arkadaşlar, bugün ya tamam ya devam deme günü. Aylarca çalıştık. Kendimizden eminiz artık. Biz var gücümüzle, yapabileceğimizin en iyisini yapmaya geldik buraya. Şimdi o sahneye çıkın ve o insanlara yokluklar içinde ne başarılar saklıdır gösterin."

Herkes duygulanmıştı. En çok da Azra... Bu savaşın en yaralı askeri oydu çünkü. Eğer başaramazlarsa hepsi işlerine güçlerine geri dönecekler ve hayatlarına kaldıkları yerden devam edeceklerdi. Ama Azra'nın böyle bir şansı hiç olamayacaktı. Ya her şey mükemmel olacaktı, ya her şey berbat. Arası yoktu. Ya başlangıç, ya bitiş.

İşaretle birlikte perdenin arkasındaki yerlerini aldılar. Açlığını, yorgunluğunu, hastalığını hissetmiyordu bile. Perdeyi biraz aralayıp salona baktı. Oyuncu arkadaşlarından birkaçının ailesi ve dışardan gelmiş alelade birkaç kişi dışında kimse yoktu. Protokolde, Şehir Tiyatroları'nın müdürü vardı. Ve perdenin açılma zamanı gelmişti.

Büyük bir özveri, konsantrasyon ve dikkatle oyun tamamlandı. Salonda yer alan bir avuç insan, neredeyse elleri şişene kadar alkışladı. Kusursuz bir performans sergileyen ekip, şimdi sahnede karşılarındaki adamın dudaklarından dökülecek sözleri bekliyordu. Şehir Tiyatroları müdürü ayağa kalktı ve konuşmaya başladı:

"Gerçekten de müthiş çalışmışsınız çocuklar, sizi tebrik ediyorum. Tek tek değerlendirmek yerine sizi bir ekip olarak düşünerek konuşuyorum. Uyumlu ve iyi bir kadro oluşturmuşsunuz. Belli ki çok çalışmışsınız."

Müdür konuştukça yüzler gülmeye, gözlerdeki umut ışığı daha da parlamaya başladı. Hepsi nefesini tutmuş, müdürün son sözleri söylemesini bekliyordu. Müdür, önünde duran sehpanın üzerindeki bardaktan su içip devam etti konuşmasına:

"Sizi daha fazla ayakta bekletmeyeyim gençler. Oyununuzu beğendim. Önümüzdeki yıl yeni bir oyunla tekrar gelin. Eğer o oyununuzu da beğenirsem, sizinle çalışmaya başlayacağım. Hepinize kolay gelsin."

Son sözler, bir bıçak keskinliğinde çınladı salonda. Tüm ekip sahnede kalakaldı. Sevinecekler mi yoksa üzülecekler miydi? Hiçbiri ne yapacağını bilmiyordu. Müdür, salondan çıkıp gitmişti çoktan. Sahnede ise, şaşkınlıkla birbirlerine bakan bir ekip vardı. Ne kadar saklasalar da yüzlerindeki yenilmişlik ifadesi duygularını eleveriyordu. İçlerinden biri vardı ki onun durumu diğerlerinden daha perişandı. Ansızın yere yığıldı Azra.

Aykut:

(On yedi yıl önce)

El ele tutuşup bahçe kapısına kadar yürüdüler. "Babamın tayini çıkmış," dedi, saçlarını rüzgâra satan kız. Yüzünde hüznün masumiyeti oturuyordu. "Tayin ne demek?" diye sordu Aykut. Yüzüne düşen saçlarını eliyle arkaya atarak cevap verdi saçlarını rüzgâra satan kız. "Bilmiyorum ama ne zaman tayin çıktı deseler taşınıyoruz." Öylece kalakaldı Aykut. Cılız bacakları, kendisini taşıyamayacak kadar yitirdi direncini. Olduğu yere çömeliverdi. Yine rüzgâr esiyordu. Eserken, kulaklarına armağan bıraktığı ıslığı dinledi. Yüzüne büyük gelen gözlük camlarının altında, akmaya hazır şelaleler birikti. Boynu kahırlı bir duruşla eğildi. Saçlarını rüzgâra satan kızın kırmızı ruganlarına kilitledi gözbebeklerini. Sonra yavaşça ayağa kalktı. Gözlüklerinin altına parmaklarını sokarak temizledi şelalelerini. Cebinden, üzerinde "A" harfi olan pembe tokayı çıkararak uzattı. "Sende kalsın," dedi saçlarını rüzgâra satan kız.

Hüzünlü bir bulut sardı onları. Sonra patika yoldan seslenen ağabeyinin sesini duydu. "Aykut! Hadi eve gidiyoruz." Ne zaman bu güvenli sesi duysa mutlu olurdu Aykut. Koşarak uzaklaştı saçlarını rüzgâra satan kızın evinin önünden. Patika yolun kenarında bekleyen ağabeyinin bacaklarına sarıldı. Ağabey, eğildi ve ayakkabılarının açılan bağcıklarını fiyonkladı. "Sana bu şekilde koşmaman gerektiğini kaç kere söylemiştim Aykut," dedi. Sonra sıkıca sarıldı kardeşine. İçine çekti kokusunu. Babası öldüğü gün söz vermişti kendisine; ona babasının yokluğunu hissettirmeyecekti. Aralarında sadece altı yaş vardı ama sanki Aykut'un babası gibiydi. Eve doğru yürüdüler. Daha oyunlarına hile bulaşmamış çocukların masumiyeti vardı adımlarında. Ne imrenilecek kadar huzurlu, ne korkulacak kadar ağırdı. Sadece masumdular.

Sabah erkenden evden çıkıp saçlarını rüzgâra satan kızın oturduğu eve doğru yürümeye başladı. Yürümenin bir düşünme biçimi olduğunu çok sonraları öğrenecekti. Ve bilmeyecekti asla, insan yorulurken mi yürür, yürürken mi yorulur? Böyledir işte bazen yürümek... Zamanı yakalamakla, zamandan kaçmak arası tanımsız bir kimlik taşır. Bazen de içiniz durmuştur ayaklarınız yürürken. Ezberliğin kuşatılmışlığıyla geçersiniz nesnelerin içinden. Kat ettiğiniz yol, dışınızdan içinize doğru eğilir. Bu gelgitleri yaşamak düşer sizin payınıza. Fakat o masum çocuk, daha bunların ayırdına varacak kadar büyümemişti... Kirlenmemişti. Payına sadece "Gel"i olmayan bir git düşecekti az sonra... Bilmiyordu...

Eve yaklaşmasına paralel yükselen kalp atışları, nerdeyse parçalayacaktı inip çıkan göğsünü. Şakaklarında intihara meyilli acemi ter damlalarıyla duruyor evlerinin önünde. Kocaman bir kamyon homurdanarak kalkıyor o an, o yoldan... Kırık bir hüzünle yüklenmiş eşyalar... Kamyon gidiyor... Geride terklerin gaddarlığı, arkadan hançerliyor Aykut'u... Yolun tozu silinirken gözlük camlarından, o kırmızı araba giriyor göz kadrajına... Arka koltukta küçük bir kız çocuğu. Ayakları yere değmiyor. Üzerinde gri bir mevsimlik. Başını hafifçe arkaya yaslamış. Susuyor... Ağzı sımsıkı kapalı. Sadece gözlerinden dökülmeye hazırlanan boncuklar anlatıyor içindeki eğreti kederi. Kırmızı araba gidiyor. Rüzgâr son bir kez havalandırıyor saçlarını rüzgâra satan kızın o masum saçlarını. Uzağın sesine giriftar oluyor... Saçlarını rüzgâra satan kız gidiyor... Geride o koca mahalleden bir tek Aykut'u içine çeken bir girdap bırakarak gidiyor... Bilmeden...

Aykut, elinde pembe bir tokayla kalakalıyor. Babasını arıyor içi. Yüzünü bile bilmediği babasını. Giden arabanın arkasından bakakalıyor. Bir yoksunluk sarıyor onu. Ağlayamıyor bile. Saçlarını rüzgâra satan kız gitti!

Aykut:

(On yedi yıl sonra)

Otobüsten iner inmez, kısık gözlerle etrafına baktı. Aceleyle bagajını istedi. Kalabalık ürkütmüştü onu. Otogarın yaban duruşu rahatsız etti içini. Gözlüklerini çıkarıp sildi. Şimdi daha iyi görüyordu etrafı. Bir an önce kurtulmak istiyordu bu kalabalıktan. Birileri sürekli, "Abi nereye gideceksin? Götürelim," deyip duruyordu. Yüzünü eğerek geçti yanlarından. Arkasından amma garip adam diye söylendi firma çığırtkanları. Bir taksinin arka koltuğuna attı kendini. Biraz sakinleşmişti. Şoför, "Nereye abi?" diye sordu. "İstanbul," dedi kısık bir sesle. Şoför dikiz aynasından sinirli bir bakış fırlatarak, "Hemşerim dalga mı geçiyorsun! Sana neresi diye sorduk. Burası İstanbul zaten," dedi. Afallamıştı Aykut. Birden yaptığı yanlışın farkına vardı. "Üsküdar," dedi kekeleyerek. İstanbul'da bildiği tek semt ismi buydu. "Taksimetre harici, köprü parası da verirsin hemşerim unutma," dedi taksici. Kafasıyla onayladı Aykut. Yola çıktılar. "İstanbul'da yenisin galiba hemşerim?" diye sordu taksici. Cevap vermedi. Camdan dışarıyı seyrediyordu. Hayalinde aklına kazınmış o sahne vardı. Tıpkı kendisinin oturduğu gibi arka koltukta oturan, saçlarını rüzgâra satan kız... Tozlu yolda kaybolan kırmızı araba. Ve içinden kopan çaresiz bir sessiz çığlık. Alnında terler oluştu. Seyrek ve kısa saçlarını geriye doğru yapıştırdı. Gözlüklerini yeniden temizledi. Camı açtı. Biraz rüzgâr iyi gelecekti. Yüzüne çarpar çarpmaz bir ferahlama hissi uyandı. Bu rüzgâr olmasa ne yapardı...

Taksiden iner inmez bir lokantada yemek yedi. Şimdi kendine kalacak bir yer bulmalıydı. En yakın otelin nerede olduğunu sordu garsona. Bu yabancı şehirde, kimsesizlik çok zor olacağa benziyordu. Lokantadan çıktı ve garsonun tarifine göre yürümeye başladı. Yürürken insanlara bakmamaya çalışıyordu. "Keşke bir şapkam olsaydı," diye düşündü. İrili ufaklı hediyelik eşyalar satan tezgâhların önünden geçti. Birinde harita vardı. Hemen satın aldı. "Şimdi işim daha kolay olacak," dedi. Garsonun tarif ettiği yer küçük bir pansiyondu. Hemen yerleşti. Duş yapıp uzandı. Bir saat kadar uyuduktan sonra bir kâbustan fırlarcasına kalktı. Kan ter içinde kalmıştı. Yine aynı rüyayı görüyordu. Gidenlerdi hep gördüğü... Önce babası, sonra saçlarını rüzgâra satan kız, en sonunda da ağabeyi... Annesini hiç hatırlamıyordu zaten. Her şeyini kaybetmiş bir adamın çaresizliği okunuyordu gözlerinden...

Hayattaki tek arzusu, yaşayıp yaşamadıklarını bile bilmeden, o kızı ve ağabeyini bulmaktı. Yıllardır arıyordu. Şehir şehir, ülke ülke. İkisi de yoktu ortada. Onları bulmak için bir servet harcamıştı neredeyse. Biri çocukluk aşkı, diğeri hayatındaki en büyük desteği ağabeyiydi.

Hiç kimseyi sevmedi, saçlarını rüzgâra satan kızı sevdiği kadar... Ve hiç kimseye güvenmedi hayatında, ağabeyine güvendiği kadar. Babası ölünce, onun yerine koymuştu ağabeyini. Ama bir gün, gitti ağabeyi. Sessiz sedasız gitti. İz bırakmadan, veda etmeden... Hayat o günden sonra durdu Aykut için. Ve ömrünü, onları aramaya adadı.

Bavulundan ikisinin fotoğrafını çıkardı. Komodinin üzerine koydu. Parmaklarıyla okşadı çerçevenin içindeki yüzleri. Cebinden de "A" harfli bir pembe toka çıkarıp kapadı avuçlarını sımsıkı. Sonra, iki damla gözyaşı döküldü yere. Bağrına bastı çerçeveyi. Bir cenin gibi kıvrıldı yatağa. Hıçkırıkları giderek kayboluyordu.

Sabah erkenden kalktı. Hızla giyinip dışarı çıktı. Elindeki haritayla, karakolları dolaşmaya başladı. Artık hiçbir yerde ciddiye alınmıyordu. Polisler onun aklından bile şüphelenmeye başlamıştı. Alışık olduğu cevapları alsa da yine de vazgeçmiyordu aramaktan. Bir umut diyordu, bir umut... Elektrik direklerine ağabeyinin fotoğraflarını asıyordu. Altına da telefon numarasını yazıyordu. O telefon bir kere bile çalmamıştı daha. Kalabalık kahvehanelere giriyor, bıkmadan usanmadan insanlara elindeki fotoğrafı göstererek sorular soruyordu. İğneyle kuyu kazmak gibi bir şeydi onunkisi. Ama yılmıyordu, yılmayacaktı. Belki saçlarını rüzgâra satan kızı da bulurdu kim bilir. Keşke elinde onun da bir fotoğrafı olsaydı. Ona ait tek resim, zihnine kazılıydı ama... İkisini de bulacaktı. Ölü ya da diri, bir gün mutlaka bulacaktı onları. Takıntılı bir adamdı artık o...

Üsküdar'dan vapurla Beşiktaş'a geçti. Oradaki tüm duvar ve direklere fotoğraf yapıştırdı. Çok yorulmuştu artık. Geri dönmeliydi. Son vapurla tekrar Üsküdar'a geçti. Yorgun girdi yatağına. Sabah yine aynı kâbusla uyandı. Kahvaltı etmek için sahile indi. Bir poğaça ve bir çay eşliğinde, Kız Kulesi'ni seyrederek karnını doyurdu. Dalgın dalgın denizi seyrederken birden telefonu çaldı. Tanımadığı bir numara arıyordu. Elleri titreyerek açtı telefonu:

"Alo."

"İyi günler hemşerim."

"İyi günler."

"Bu kayıp aranıyor ilanlarının sahibi sen misin?"

"Evet benim."

"Kardeşim ben Beşiktaş'ta esnafım. Bu resimdeki delikanlıya benzer birini gördüm sanki."

Kalbi küt küt atmaya başladı Aykut'un. Heyecandan bayılmak üzere olduğunu hissetti. Gömleğinin yakasını gevşeterek hızlı hızlı sormaya başladı:

"Kim, nasıl, nerde gördünüz? Allah rızası için söyleyin ne olur!"

"Ya, kardeşim, ben benzetmiş de olabilirim, bilmiyorum. Benim hamburger, tost sattığım bir büfem var. Her gün yüzlerce insan gelir geçer. Ama sanki o resimdeki delikanlı birkaç kez gelip bir şeyler yedi gibi geliyor bana. Yine de çok emin değilim. İnsaniyet namına aradım işte."

"Beyefendi lütfen bana yerinizi tarif edin. Gelip sizinle yüz yüze görüşmek istiyorum ne olur!"

"Benim mekânım, otobüs duraklarının oradan Yıldız Teknik Üniversitesi'ne doğru çıkarken solda. Emin Büfe yazıyor üstünde."

"Tamam kardeşim, hemen geliyorum. Allah razı olsun senden!"

Koşarak pansiyona gitti. Yolda kaç kişiye çarpıp küfür yediğini hatırlamıyordu bile. Hemen bavulunu toplayıp çıkışını yaptı pansiyondan. İlk vapurla soluğu Beşiktaş'ta aldı. Koşarak gitti büfeye. Nefes nefese geldi. Elini sıktı adamın. Neredeyse elini öpecekti.

Bir çırpıda anlattı hikâyesini. Büfe sahibi, biraz sakin olmasını söyledi. İki çay getirdiler önlerine. "Bak kardeşim," diye söze başladı adam. "Biz burada hep birbirini tanıyan esnafız. Sen şimdi buradaki bütün esnaf arkadaşlara bir sor bakalım, gören olmuş mu? Olur ya bir gün benden yemişse, başka bir gün bir başka arkadaştan yemiştir. Sen herkese sor bakalım. Birkaç gün buralarda takıl. Belki yine gelir."

Adamın söylediği her sözü, kafasını sallayarak onayladı Aykut. Hemen diğer esnafı dolaşmaya başladı. Tek tek herkese sordu. Hemen hemen hepsinden benzer cevaplar almıştı. Hepsi de bir iki defa gördüğünü söylüyordu. Ama en son girdiği dükkânda çalışan bir komi, onu çok iyi hatırladığını söyledi. Çünkü ağabeyi, kominin yırtık ayakkabılarını görünce bir sonraki gelişinde, çocuğa yeni bir çift ayakkabı hediye etmişti. Bunu duyar duymaz, komiyi sorguya çekmeye başladı Aykut. Ama çocuk başka hiçbir şey hatırlamıyordu. O kadarının aklında kalma sebebi de kendisine alınan bir çift yeni ayakkabıydı. Yeniden görürse hatırlayıp hatırlamayacağını sordu çocuğa. Çocuk, "Tabii ki hatırlarım ağabey," dedi. Hemen yakınlarda bir otel bulup yerleşti. Bir şeyler yedikten sonra tekrar aynı mekâna gitti.

Artık tüm esnaf tanıyordu onu. Buyur ettiler içeri. Emin Büfe'de oturdu saatlerce. Arada birkaç dükkân ilerdeki kominin yanına gidip geldi. Komi, bir yerlere sipariş götürdüğü için orada yoktu. Sonra kendi geldi Aykut'un yanına. "Ağabey, ben bir şey daha hatırladım," dedi. Meraklandı Aykut. Gözlerini fal taşı gibi açarak dikkat kesildi çocuğa. Çocuk, ayakkabıları aldıktan sonra adamın arkasından baktığını, adamın yolun karşısına geçip Sarıyer'e giden minibüslere bindiğini, ertesi gün de yine aynı yerden, aynı minibüslerden birine binerken adamı gördüğünü anlattı. Aykut için bu bilgiler çok önemliydi. Şimdi gözü hem yolun bu tarafında hem de karşı tarafında olacaktı.

Günlerce, haftalarca ayrılmadı oralardan. Her minibüse baktı. Her gelip geçeni dikkatlice süzdü. Yoktu! Ümidini yitirmeye başlıyordu.

(Üç ay sonra)

Yağmurlar başlamıştı. İstanbul, yakında kara teslim olacaktı. Öyle diyordu haber bültenleri. Soğuktan çatlayan dudaklarıyla Aykut, yine görevinin başındaydı. Defalarca Sarıyer minibüslerine binmiş, her durakta inip yeniden binerek, günlerce aynı güzergâhta yolculuk etmişti. Beşiktaş'tan Sarıyer'e kadar her metrekareyi ezberlemişti artık.

Yine minibüslere binip indiği günlerden birinde çok enteresan bir şey oldu. O yolculuklarda bir kız keşfetti. Yüzü çok tanıdık geliyordu o kızın. Her gün aynı saatte, aynı yerden binip aynı yerde iniyordu. Başı önünde, sessiz ve içekapanık olduğu belli olan bir kızdı. Aykut'un dikkatini en çok saçları çekmişti. Aynı saçlarını rüzgâra satan kızın saçlarına benziyordu. Keza yüzü de öyle. Bu inanılması güç tesadüf onu gerçek gayesinden saptırmıyordu ama kızı göz hapsinde tutmasına da mâni olmuyordu. Gizliden izler oldu kızı. Onunla konuşmaya cesareti yoktu. Zaten ne soracaktı ki? Ama gözlerini bir türlü ondan alamıyordu. Günler bu şekilde birbirini kovalarken, inanılmaz bir şey oldu. Kalabalık minibüste oturacak bir yer bulamayan o kız, tam Aykut'un oturduğu koltuğun hizasında ayakta duruyordu. Şoföre para verebilmek için çantasını tek elle açmaya çalışırken, koltuğunun altındaki dosyalardan birini düşürdü. Yere dağılan dosyaları eğilip almak için hamle yaptığında ise Aykut, doğal bir refleksle yardım etmek için yerinden kalkarak, dosyaların düştüğü yere çömeldi. Birlikte kâğıtları yerden toplamaya başladılar. Kız teşekkür etmek için yüzünü kaldırdığında karşısında donmuş bir ifadeye sahip o yüzü gördü. Aykut, kaskatı kesilmiş bir halde kıza bakıyordu ve elinde bir iş başvurusu için hazırlanmış, kıza ait CV vardı. Kız, "İşte en önemli olanı bulmuşsunuz. Teşekkür ederim," diyerek Aykut'un şaşkın bakışları arasında elinden çekip aldı CV'yi. Karşısındaki bu garip adamın, yüzüne böyle ifadesiz ve donuk bakmasına da bir anlam veremiyordu diğer yandan. Aykut, yavaşça oturdu yerine. Yine kalbi sıkışmıştı. Gömleğini gevşetti. Şimdi daha rahat nefes alıyordu. Biraz önce gözleri kararmıştı. Tansiyonunun düştüğünü hissetti. Üç durak sonra kendine gelebildi. Kız inerken arkasından baktı uzun uzun. Levent ışıklarda inmişti. Aykut'u o hale getiren şeyse, kızın CV'sinin üzerinde yazandı. Ad-soyad bölümünde, saçlarını rüzgâra satan kızın adı ve soyadı vardı.

Arda:

Uzun bir boy, geniş omuzlar, üçgen ve atletik bir vücut, esmere yakın bir ten, masmavi gözler, bembeyaz dişler, kirli bir sakal, kumraldan, uçlara doğru daha açık tonlara dönen saçlar... Arda, bir bakanın dönüp tekrar bakabileceği kadar yakışıklı bir adamdı. Bakışlarıyla insanın dengesini kaybettiren, ses tonuyla insan ruhunun ve kalbinin derinliklerine inebilen, tüm kadınları peşinden koşturabilecek kadar yakışıklı ve aynı zamanda karizmatik bir adamdı.

Fiziksel özellikleri ne kadar apaçık öndeyse ve ne kadar netse, içi bir o kadar sırlı, gizemli ve zaman zaman ürkütücüydü. Çok konuşmazdı Arda. Ama konuştuğu zaman da susmasını asla istemezdi insan. Anlattıklarıyla, hayata bakışıyla, birçok kişiyi anında etkisi altına alırdı. Merhameti ve yardımseverliği, onu daha da yücelten özelliklerindendi. Ailesiyle ilgili hiçbir şeyi anlatmazdı. Kimse onun nereden geldiğini, nereli olduğunu, neden buralarda olduğunu, ne iş yaptığını ve bir ailesinin olup olmadığını bilmezdi. Etrafında hiçbir zaman iki kere görebileceğiniz biri olmazdı. İnsanlara bu kadar güven vermesine rağmen, yanında tek bir dostu olmaması çok garipti.

Dışarıda yağmur vardı. Arda, kendine kapalı bir mekân arıyordu. Birden aklına sinemaya gitmek geldi. Yağmurlu havalarda sinema en güzel sığınak oluyordu insanlara. İzlenecek filmin çok da önemi yoktu aslında. Hiç bilmediği bir yönetmenin, hiç bilmediği bir filmini izlemek ve şansı varsa o filmin muhteşem çıkması gayet olasıydı.

Yağmur hızlanıyordu. Etrafına bakındı. Çok yakında bir pasaj gördü. Pasajın içine girer girmez, gözüne bir kafe ilişti. Kapısından içeri doğru bakınca kafede oturan tüm kadınların, yanlarındaki erkek arkadaşlarına bile aldırış etmeden kendisine baktıklarını gördü. Bunu fark eden erkeklerin gözlerindeki ateşi de görebiliyordu aynı zamanda. Bu başa bela açmaktan başka bir şey değildi. Girdiği mekânlarda tüm bakışları üstüne çekmesi, alışageldiği bir durumdu. Ama bu durumdan hoşnut olduğu da söylenemezdi. O, kimsenin ona bakmayacağı mekânları tercih ediyordu genellikle. Sinemalar, bunun için güzeldi. Film başlamadan önce sunulan reklamların arasında girmesi fark edilmemesine yetiyordu. Kafe fikrinden vazgeçince, biraz daha pasajın iç kısımlarına doğru yürümeye başladı.

En arkada ne olduğunu anlayamadığı bir mekân vardı. Çadırdan bozma bir tiyatroyu andıran bir salon, içinde üç beş ailenin izlediği bir drama... Herkese açık bir gösteri gibi duruyordu. İzleyiciler sahneye dikkat kesilmişti. Arda için bulunmaz bir fırsattı bu. Sessizce içeri süzüldü. Arka koltuklardan birine oturdu ve oyunu izlemeye başladı. Genç amatörlerden oluşan bir topluluğun tiyatro gösterisiydi bu. Amatör olmalarına rağmen, gayet güzel götürüyorlardı oyunu. Dikkatli bir şekilde izlemeye devam etti. Aralarında gerçekten çok yetenekli olan bir iki kişi gördü. Özellikle başrol oyuncuları çok iyiydi. Oyun bitene kadar izledi. Hiç sıkılmadı. Salondaki bir avuç insanla birlikte uzun süre alkışladı. Tam ayağa kalkıp çıkacakken, oyuncuların hâlâ sahnede olduğunu ve orta yaşlı bir adamın ön sıralardan kalkarak onlara bir şeyler söylediğini gördü. Adamın konuşması biter bitmez de başrol oyuncularından birinin bayıldığına şahit oldu. Sahne bir anda karıştı. Kolonyalar, sular gidip geldi. Ne olduğunu anlamaya çalışıyordu. Yavaşça sahneye yaklaştı. O telaş içinde, kimse onu fark etmemişti. Yerde yatan kızın yüzünü yakından görüyordu şimdi. Kısa bir süre izledi onu. Baygın yatan ve kendine gelmeye çalışan bu kızı yakından görmek biraz daha farklıydı. Kızın yüzündeki güzelliği arka taraftan bakınca fark edememişti. Birdenbire oradaki telaşlı insanları yönlendirmek istedi. "Sarsmadan yerinden kaldırın ve kulise götürün," dedi. Kimse onu tanımıyordu ama herkes orada onu görevli biri olduğunu düşündü. Dediğini yaptılar. Kulise taşıdılar kızı. Arkadaşları kızın yüzüne hafif tokatlar atarak, onu kendine getirmeye çalışıyordu. Bir yandan da, "Azra uyan," diye sesleniyorlardı. Demek kızın adı Azra'ydı.

Oyun salonundan dışarı çıktı. Ama aklı Azra'daydı. Dışarıda yağmur devam ediyordu. Pasajın çıkışına kadar gelip yağmuru seyretti. Kimdi bu kız? Yüzü tanıdık geliyordu. Tüm bu düşünceler içinde şehrin kalabalığını, yağmurdan kaçanları, yağmurda ıslanmayı sevenleri izledi bir süre. Sonra arkadan bir ses duydu: "Hayır! Bırakın beni. Kendim giderim."

Geriye dönüp baktığında, arkadaşlarının tüm ısrarlarına rağmen, eve tek başına gitmekte direten Azra'yı gördü. Dostlarının, "Bak Azra iyi değilsin. Bırak da seni eve kadar götürelim. Yollarda bayılırsan bize nasıl ulaşacaksın? Telefonun bile yok," tarzı ısrarlarına rağmen Azra, yine bildiğini okudu. "Eee, yeter! Rahat bırakın beni," dedi ve hızla uzaklaştı yanlarından. Arda, duruma baştan sona şahit biri olarak, Azra'yı uzaktan takip etmeye karar verdi. Eğer tekrar bayılırsa ona yardım edebilirdi.

Azra önde Arda arkada uzun bir yol kat ettiler. Azra, kendisini takip eden adamı fark etmemişti. Fark edecek hali de yoktu zaten. Ayaklarını sürüye sürüye zar zor yürüyordu. Başı önde, omuzları çökmüş, hayattan vazgeçmiş gibi ilerliyordu. Arda, ha düştü ha düşecek diye beklerken kızın da kendisinin de çok fazla ıslandığını fark etti. Buna rağmen, yağan yağmura aldırış etmeden ağır adımlarla yürümeye devam ediyordu Azra.

Anacaddeden ara sokaklara dönmüştü kız. Elini cebine sokup anahtarları çıkardı. Arda artık evine yaklaştığını anlamıştı. Tam içinden, "Neyse bayılmadan geldi evine," diye geçirirken, kızın birden durup bir apartmanın önüne yığılmış birkaç parça eski püskü eşyaya bakakaldığını gördü. Azra, yavaşça eşyalara yaklaştı. Islanmış ve çamurlanmış olan eşyaların arasından bir şeyleri toplamaya başlamıştı. Bir yandan da yağan yağmura karışan gözyaşlarıyla birlikte hıçkırıyordu. Onun bu haline çok üzüldü Arda. Kimsenin hayatına karışmak, müdahale etmek gibi bir niyeti yoktu ama kızın evinden atıldığını anlamıştı ve gerçekten yardım etmek istiyordu. Azra, ters çevrilmiş olan komodini düzeltmeye çalışırken, Arda yaklaştı ve o müthiş ses tonuyla, "Affedersiniz, size yardım edebilir miyim?" dedi. Azra, sesin güzelliğini fark edecek durumda değildi. Kafasını bile çevirmedi o tarafa. Sadece, "Gerek yok," dedi kısık bir sesle. "Ama ben gerçekten size yardım etmek istiyorum Azra Hanım," dedi o ses. Birden durdu Azra. Adını zikreden bu yabancının kim olduğunu merak etti. Geriye döndü ve göz göze geldiler. Azra'nın ağlamaktan şişen gözleri, mavi bir çift göze kilitlenmişti şimdi. Kısa bir süre hiçbir şey söylemeden baktı adamın yüzüne. Öyle ki ellerini, kaldırmaya çalıştığı komodinin üzerinden çekemedi bile. Arda, "O dolap çok ağır olabilir. Kaldırmanıza yardım edeyim," diyerek şaşkınlık evresine son verdi Azra'nın. Hemen ardından bir hamlede düzeltiverdi komodini. "İşte oldu. Şimdi içinden özel eşyalarınızı alabilirsiniz," dedi. "Bu eşyaların bana ait olduğunu nerden biliyorsunuz? Ha, bir de adımı?" diye sordu yabancıya. "Sokağa atılmış, başkalarına ait eşyaları karıştıracak birine benzemiyorsunuz. Sanırım bir talihsizlik olmuş ve eşyalarınızı dışarı çıkarmışlar. Her eşyaya ne olduğunu bilerek dokundunuz." Adamı dinlerken yavaş yavaş kendine gelmeye başlıyordu Azra. "Peki, beni nerden tanıyorsunuz?" diye sordu. "Bunu da anlatabilirim elbette. Ama şu anda komşularınız bize bakarken, yağmur yağarken ve bu eşyaların tam ortasında olmaz bu iş. Siz özel eşyalarınızı alın, sıcak bir yere gidip bir kahve içelim. Orada da konuşmuş oluruz böylece," dedi Arda. Sözlerini bitirdiğinde yağmur da iyiden iyiye hızlanmaya başlamıştı. Nedenini anlayamadığı, tuhaf bir güven duyuyordu bu adama. Sesindeki huzurdan mı, sözlerindeki yakınlık ve samimiyetten mi bilmiyordu ama içinden bir his bu adama güvenmesini söylüyordu. Gittikçe hızlanan yağmura baktı ve, "Peki," dedi sadece. Birkaç parça eşyasını bir torbaya koyup ayrıldılar oradan.

Kafeye girerken Arda çok rahattı. Biraz ıslak da olsa yanında bir kadın vardı. Diğer kadınların çapkın bakışlarını nispeten etkileyecekti bu durum. Oturdular. Birer kahve söylediler. Azra, kendisine böyle yakın ve iyi davranan bu yabancı adamı incelemeye başlamıştı. Kim olduğunu merak ediyordu. Ama asıl merak ettiği, kendisinin bu adamdan neden bu kadar kolay etkilendiğiydi. Evet, adam gerçekten çok yakışıklı, karizmatik ve değme adamlara taş çıkartacak özelliklere sahipti. Fakat Azra, ne olursa olsun bu kadar kolay yelkenleri suya indiren kızlardan değildi. En çok şüphelendiği durumsa, bu adamın kendisini daha önceden tanıyıp tanımadığıydı. Çünkü kendisi de sanki bu adamı yıllar önce bir yerlerde görmüş gibiydi. Kafasında bir sürü soru işaretiyle bir yandan adamı inceliyor, diğer yandan da yaşadıklarının üzerinde yarattığı yıkım izlerini belli etmemeye çalışıyordu. Karşısındaki adamsa, ne kadar bir şeyleri saklamaya çalışırsa çalışsın, insanı çırılçıplak bırakacak kadar derin bakışlarıyla, adeta savunmasız bırakıyordu Azra'yı.

Azra, önce ismini nereden bildiğini sordu. O da anlattı uzun uzun. Hatta yüzünü birine benzettiğini bile söyledi. Şimdi anlatma sırası Azra'ya gelmişti. O da anlattı hikâyesini kısaca. Önce tiyatro sevdasını, sonra uğradığı hüsranı ve ev sahibini. Duruma gerçekten de çok üzülmüştü Arda. Yüzünden belli oluyordu bu. Karşısında çaresiz duran bu kıza yardım etmek istedi.

"Şimdi nerede kalacaksın peki?"

"Bilmiyorum. Şu an hiçbir şey düşünemiyorum."

"Bence ilk etapta kalacak bir yer bulmalısın."

"Bunun için para kazanmam gerekiyor. Aslında en iyisi sanırım Ankara'ya dönmek."

"Ankara?"

"Evet! Ankara. Annem orada hâlâ."

"Ne yani, vaz mı geçiyorsun oyunculuk sevdandan?"

Gözleri daldı o an. Yüzünden seneler ve emekler geçti. Bir boşluğa düşer gibi oldu önce. Sonra başını kaldırdı ve, "Evet! Buraya kadarmış. Olmadı. Pes ediyorum," dedi.

"Bence pes etmek için biraz erken."

"Erken mi? Hıh! Geç bile kaldım."

"Sen bilirsin ama bence biraz daha mücadele etmelisin."

"Kim yardımcı olacak bana… Sen mi?"

"Neden olmasın?"

"Hissetmediklerimi hissedebiliyor musun?"

"Hayır!"

"O zaman bana yardımcı olamazsın."

"Sana ışığın kıymetini göstermek için dünyanı karartmama gerek yok. Tek başına ve hatta hiç yardımsız da yapabilirsin. Sen ki yenildikçe daha çok bilenmelisin kazanmaya."

"Devamlı kazanmaya çalışmaktır, bizi hep kaybeden yapan. İnsan duracağı yeri bilmeli, vazgeçebilmeli bazen."

"Kaybettiklerin, elinde kalanları görmene engel oluyorsa, kaybetmeye devam edersin durmadan. Oysaki her kayıp, yerine bir tecrübe bırakmadan gitmez senden. Sen de değişmelisin her değişim karşısında."

"Bırak böyle kalayım. Başkalarının istediğine dönüşürsem, kendi istemediğime dönüşmüş olurum."

"Sen bilirsin ama böyle yarım bırakmak doğru değil bence. Başladığın bir işin sonunu getirmelisin."

"Yarımlığımı tamamlamaya çalışma. Bırak tam bir yarımlığım olsun. Ben sahip olamadıklarımla mutlu olmayı öğrendim ve onları kaybetme korkum hiç olmayacak."

"Peki. Kızma. Sustum. Senin şu kalacak yer işini halletmemiz lazım şimdi."

"Sende bir hata var."

"Nasıl bir hata?"

"Gerçek olmayacak kadar iyisin."

"Susuyorum."

"Susmayı da sözlerden öğrenir insan."

Farkında olmasa da yavaş yavaş bu adamın etkisi altına giriyordu Azra. En savunmasız, en zayıf, yardıma en muhtaç zamanında çıkıp gelmişti ve ona yardım etmek istiyordu. Her şeyin bittiğini düşündüğü bir anda Hızır gibi yetişmişti bu adam. Ona bilmediği bir nedenden ötürü güven duyuyordu. Karşısındaki adam, kendi derdiyle dertleniyor, sorunlara çareler bulmaya çalışıyordu.

"Bak Azra, eğer yanlış anlamazsan sana bir teklifte bulunmak istiyorum. Benim kullanmadığım bir dairem var. İçinde sana yetecek kadar eşya da bulunuyor. Ben orayı kullanmıyorum. Üç yıldır boş. İstersen hemen sana oranın anahtarını verebilirim. Kendini güvende hissetmezsen, hemen kilidi de değiştirebilirsin."

"Bana neden böyle bir iyilik yapıyorsun ki?"

"Senin o halini kim görse yardım etmek isterdi."

"O zaman bir şartım var."

"Nedir o?"

"Beni bir kiracı olarak kabul edersen."

"O zaman üç aylık peşin istiyorum."

İkisi de gülüşmeye başladı. Azra, uzun zamandır ilk kez bu kadar keyifli dakikalar geçiriyordu. Galiba her şey yavaş yavaş düzeliyordu.

(Bir hafta sonra)

Azra, yeni evine yerleşeli bir hafta olmuştu. Evde her türlü eşya ve konfor mevcuttu. Tophane sırtlarında, deniz manzaralı, üç oda bir salon ferah bir evdi Arda'nın evi. Belli ki uzun süre kimse kalmamıştı bu evde. Bir hafta boyunca temizlik yaptı Azra. Arda ise arada bir uğrayıp bir şeyin lazım olup olmadığını soruyor, kısa konuşmaların ardından hemen gidiyordu. Kafedeki konuşmalarının hemen ardından onu bu eve getirmiş, anahtarı teslim etmiş ve, "Ben bir saat sonra geliyorum," diyerek gitmişti. Azra, biraz korkmuş, çokça da sevinmişti bu eve. Bir saat sonra kapıya bir taksi yanaşmış, içinden Arda inmiş, pencereden kendisine bakan Azra'ya aşağı in işareti yaparak yanına çağırmıştı. Azra, taksinin yanına geldiğinde, bagajdan bir şeyler indirirken görmüştü Arda'yı. "Hadi bakalım, yardım et de şunları taşıyalım," demişti Azra'ya gülümseyerek. Paketlerin içinde neredeyse Azra'ya üç ay yetecek kadar erzak vardı. Çok şaşırmıştı Azra. "Sen gerçekten de gerçek olamayacak kadar iyisin," dedi. Arda gülümsedi. "Kim olsa aynısını yapardı."

O günün üzerinden bir hafta geçmişti. Arda'dan ses seda yoktu. Ne telefon numarasını biliyordu Azra ne de ona ulaşabileceği başka bir yol. Biraz sıkılmıştı bu duruma. Günlerini yeni evinden hiç dışarı çıkmadan geçiriyordu. Kitap okuyor, televizyon izliyor, bol bol uyuyor, sabah kalkar kalkmaz evin tüm camlarını açıp karşısındaki muhteşem deniz manzarasını izliyordu. Giden gemilere takılıyordu hep gözleri. Yine manzaraya daldığı bir sabah, yokuşun başında göründü Arda. Hemen kapıya koştu. Heyecanla açtı kapıyı. Merdivenlerden çıkmasını beklerken içi içine sığmıyordu. Sanki yıllardır görmediği bir sevgilinin boynuna sarılır gibi sımsıcak kucaklaştılar.

"Nerelerdesin sen Allah aşkına!"

"İşlerim vardı. Şehir dışındaydım."

"Ne iş yaptığını bilsem belki bu kadar merak da etmezdim tabii!"

"Nasıl? İyice yerleşebildin mi bari?"

"Yerleştim. Çok güzel bir ev burası."

"Sevindim. Var mı bir eksiğin?"

"Var."

"Nedir?"

"İnsan."

Gülmekle gülmemek arasında kaldı Arda. Karşısındaki insan,

tek başına bir hafta geçirmişti bu evde. Kimseyi tanımıyordu. Semt yabancı, komşular yabancı, her şey yabancıydı ona. Bu tepkiyi vermesi çok normaldi.

"Arkadaşlarını aramadın mı hiç? Ne bileyim onları falan çağırsaydın?"

"Ben cep telefonu kullanmam. Sadece lise yıllarında kullanmıştım. O yüzden hiçbirinin numarası da yoktur bende."

"Cep telefonu kullanmadığını tahmin ettim. Bu yüzden sana bir cep telefonu hediye etmek istiyorum."

Cebinden son model bir telefon çıkararak uzattı. Azra, hiçbir tepki vermeden, Arda'nın elindeki telefona bakıyordu. Bakışlarını Arda'nın gözlerine sabitledi ve, "Benim için böyle bir şey yapmana gerek yok. Bugüne kadar telefonsuz yaşadım. Bugünden sonra da yaşayabilirim," dedi. Ses tonu biraz sinirli, biraz da gergindi. Cümlesini bitirdiğinde, kaşları da çatılmıştı. Arda, kapıya doğru yöneldi. Cep telefonunu kapının yanında duran etajerin üstüne bırakarak dışarı çıktı. Kapıyı kapatırken de, "Telefonu sana, senin için değil, kendim için aldım," dedi ve gitti. Söylediklerine pişman oldu Azra. Bir süre kapıya baktı öylece. Sıkıntıdan tırnaklarını yiyordu.

Ertesi gün, hiç dokunmadığı telefona uzandı elleri. Rehberde sadece bir tane numara vardı, o da Arda'nın numarasıydı. Bir mesaj yazdı ve gönderdi. Tek satırlık bir mesajdı bu. "Özür dilerim."

Mesajdan birkaç saat sonra Arda geldi. Bu kez altında son model bir araba vardı. Telefonla Azra'yı aradı. "Aşağıda seni bekliyorum. Biraz sahil havası ikimize de iyi gelecek," dedi ve kapattı. On dakika sonra aşağı indi Azra. Bir sahil lokantasına gittiler. Keyifli bir yemeğin ardından, biraz İstanbul turu, biraz eğlence ve yorgunlukla son bulan bir gece. Kapıya kadar bıraktı Azra'yı. Tam inecekken Arda'ya dönüp, "Bir kahve içmeye ne dersin?" diye sordu Azra.

"Geç oldu, ben gideyim."

"Çok mu işin var?"

"Hayır, işim yok."

"O halde?"

"Peki. Bir kahve."

Yukarı çıktılar. En sevdikleri şarkıları dinlediler o gece... Güldüler, sarıldılar. Ve haftalar sonra ilk kez o evde gece "Sesler" vardı.

(Üç ay sonra)

Kaçınılmaz son gerçekleşti. Âşık oldular. Mutluydular. Artık Azra'nın kaldığı eve daha sık geliyordu Arda. Bazen aralıksız üç gece kaldığı oluyordu. Sonra gidiyordu yine. Nereye gittiğini söylemeden, sormasına izin vermeden. Sır gibi bir adamdı. İşiyle, hayatıyla ilgili hiçbir şey söylemiyordu. Azra'nın bir iş bulması konusunda ısrarlıydı. Ona isterse oyunculuğa devam edebileceğini, bu konuda kendisine yardımcı olabileceğini söylüyordu. Ama Azra istemiyordu artık o sahneye dönmeyi. "Benim için bir kere açıldı perde," diyordu.

Zaman hızla akıp geçiyordu. Arda, iş bulması konusunda baskılarına devam ediyordu. Azra ise sonunda okuduğu bölümle alakalı bir işe girmeye ikna oldu. Bankacı olacaktı. Hayallerini bir kenara bırakıp bankacı olacaktı. Bir yandan banka sınavlarına hazırlanıyor, diğer yandan da hayatında ilk defa yaşadığı bu muhteşem aşkın içindeki sır perdesini aralamaya çalışıyordu. Arda, onun için tam bir muammaydı. Bazen günlerce gelmiyor, sonra bir saat görünüp yeniden ortadan kayboluyordu. Telefonunun günlerce kapalı olduğu zamanlar oluyordu. Eve her gelişinde değişik marka arabalarla geliyordu. Acaba galerici mi diye düşünmeye başlamıştı Azra. Bir gün onu takip etmeye bile kalktı. Adam, kalabalık yerlerde olmayı seçiyordu. Arabasını bir kenara bırakıp dolmuşa, otobüse, vapura biniyor, tek başına sinemaya gidiyor, hastaneleri dolaşıyor, sokak aralarında tuhaf adamlarla ayaküstü konuşuyor, onlara bazı notlar veriyordu.

Bir gece karşısına dikilip sordu Azra:

"Kimsin sen?"

"Anlamadım hayatım?"

"Sen kimsin?"

"Sevgilin."

"Başka?"

"Adam."

"Ben o adamı seviyorum. Ama hâlâ tanımıyorum."

"Sevmen için tanıman mı gerekiyor?"

"En azından sevdiğim adamın ne iş yaptığını bileyim."

"Aylağım ben."

"Aylak mı?"

"Evet aylak."

"Nasıl yani?"

"Yusuf Atılgan'ın *Aylak Adam* romanını okudun mu hiç?"

"Hayır okumadım."

"O zaman hemen okumalısın. O romandaki aylak adam benim işte."

"Hayal misin gerçek mi?"

"Ne hayalim ne de gerçek."

O günden sonra o romanı aramaya başladı ve buldu. Sınavlara çalışıyor olmasına rağmen, bir çırpıda okuyuverdi romanı. Su gibi içti. Çok etkilenmişti. Böyle bir kitabı daha önce nasıl okumadığını düşündü. Çok geç kalmıştı. Romandaki "C" karakteri aynı Arda'ydı. Otobüsler, dolmuşlar, sinemalar… Romandan en çok aklında kalanlarsa "Yirmi sekiz yaşındaydı ve tedirgindi", "Bir şey var ama eksile eksile var", "Yoksa her şey ben olmadığım zaman, benim olmadığım yerlerde mi oluyordu", "Kadınların neden evlendiklerini anlayabiliyorum: Yalnız kalmak için" bölümleriydi.

Aylak Adam romanındakinden daha fazla bir şeyler vardı ama Arda'da. Onu bir türlü bulamıyordu Azra. Ona sormak istediği ama soramadığı o kadar çok soru vardı ki... Varla yok arası gibi bir şeydi Arda. Varken, yokluğu unutuyor; yokken, yokluğa sığınıyordu. İnsanları anlatıyordu Arda, sokakları, açları, fakirleri, kaybedenleri... Hayatları, dramları... Otobüslerde yaşadıklarını, gördüklerini, başka insanların hikâyelerini...

Aslında hayatı yaşatıyordu bir süreliğine. Sonra yine gidiyordu, yeni hikâyelerle dönüyordu. Ve hep bir gün bu düzenin değişeceğinden bahsediyordu. Bir gece sabaha kadar konuşmuşlardı yine. İlk defa gözünde yaş görmüştü Arda'nın...

Durmadan anlatıyordu, parası olmadığı için, ekmek fırınının önünde durup gelen geçene, "Bana bir ekmek alabilir misiniz evladım?" diyen yaşlı teyzeyi, o fırının camındaki buharı yalayan, günlerce aç kalmış zavallı sokak köpeğini... "Köpeği sevmek için elimi uzattım, yediği dayaklardan olsa gerek, korktu ve kaçtı," dedi gözleri dolu dolu. "İnsanlar neden köpekleri döver?" diye sordu sonra. Bir adamdan bahsetti. Yaşamaktan bıkıp kendini asan bir adamdan. Adam, boynuna bir kâğıt asmıştı intihar etmeden önce. Kâğıtta, "Çevreye verdiğim rahatsızlıktan ötürü özür diliyorum," yazıyordu. "Düşünsene Azra," dedi. "O adam, ölürken bile özür diledi bu kirli dünyanın insanlarından..." Gözlerindeki yaşlar dökülmek üzereydi.

Sonra torunları için çalışmak zorunda olan insanlardan bahsetmeye başladı. "Bir kahveye gittim. Kır saçlı bir amca yaklaştı yanıma ve ne içmek istediğimi sordu. Halinden tavrından anladım. Oraların adamı değildi. Parmağına baktım, bir yüzük vardı. Belli ki bir ailesi var. Belki de torunları için orada çalışıyordu. Benden o kadar büyüktü ki, ben onun çocuğu yaşındaydım ama bana efendim diyordu. İçim parçalanıyor... İçim yanıyor..."

Sustu sonra. Gözleri daldı. Yine devam etti anlatmaya. "Bir otobüs durağında bekliyordum. Gelen hiçbir otobüse binmedim. Saatlerdir yağmur çiseliyordu. Durağın yan tarafındaki yaşlı amcayı izliyordum. Yağmurda kalem satıyordu. Yağmurda kim kalem alır? Saatlerce baktım ona. Hiç kimse ondan kalem almıyordu. En sonunda kalkıp gitti o yaşlı amca. Kalktığı yere baktım. Her yer ıslaktı, bir tek o amcanın oturduğu yer kuruydu. Belki de hâlâ sıcaktı. İçim cız etti. O kuru yere bakarken, insanlığımdan utandım. Midye dolma satarak okul harçlığını çıkarmaya çalışan çocuklar vardır bilir misin? Onların hiçbiri, sattıkları midye dolmanın tadını bilmiyor. Onlardan satın aldığım dolmaları, onlara ısmarladım ben. Tadını ilk defa öğrendikleri midyeleri yerken yüzlerindeki mutluluğu görmeliydin. Dudaklarının kenarında kalan pirinç tanelerinden utandım. Emekli maaşıyla yavrusunu üniversite okutabilmek ve ona bir ev bulabilmek için köyünden kalkıp İstanbul'a gelen bir baba gördüm. Hayatında ilk defa bu şehre geliyordu. Geldiği yer belli ki sıcaktı. Yoksa hiç yazlık ayakkabıyla buraya gelip karda çoraplarının ıslanmasını ister miydi o baba? O çoraplara bakınca insanlığımdan utandım.

Otobüsler peronlarda kalkma saatini beklerken içine simit satan insanlar biner bilir misin? Temiz yüzlü, temiz giyimli, düzgün Türkçe konuşan ellili yaşlarda bir amcanın orada simit satmaya çalışırken, çocuğu yaşta muavinden yediği azarı işittim. Tek bir simit satamadan indi o otobüsten. Yüzündeki yenilmişlik ifadesinde, insanlığımdan utandım.

Market kasalarında elimiz kolumuz dolu sıra beklerken öndeki babanın, parası yetmediği için çocuk bezini geri bırakışındaki çaresizliğe tanık oldum ben. Sepet sepet aldıklarımızı kasadan geçirirken, elinde bir tek ekmekle sıra bekleyen teyzelerin, kasadan geçirilen her şeye nasıl hüzünle baktığına şahit oldum Azra!

Annesi babası olmayan minikler parkta koşarken düştüklerinde, ne anne diye ne de baba diye ağlayabilirler biliyor musun? Onlar yerden sessizce kalkıp gözyaşlarını sessizce kendileri silerler. Ve ben o zaman da ağlarım. Sonra bir sokak çocuğu yanıma yaklaşır ve, 'Niye ağlıyorsun ağabey, senin gözlerin âleme yeter,' der. Ve ben kendi savunmasızlığımda bir sokak çocuğunun bende uyandırdığı şefkate sığınırım.

Sonra bir anne gelir, salıncağa küçük kızını yerleştirir ve sallamaya başlar. Çocuk soru sormaya başlar: 'Anne şu anda etrafta ne var? Nasıl bir yerdir park anne?' Sonra o anne o minik kızın görmeyen gözleri olur… Kendi gözlerimden utanırım.

Sokak çocuklarını doyururum bazen. Bir keresinde, bir tanesine döner ekmek almıştım. Yedikten sonra beğenip beğenmediğini sordum. Bana ne dedi biliyor musun? 'Abi çok güzeldi de ekmeği azdı,' dedi. Yutkunamadım bile. Yine başka bir gün, elimde manavdan aldığım çilekle eve doğru yürürken, halinden fakir oldukları anlaşılan bir annenin elinden tuttuğu küçük kızıyla giderken, o kızın elimdeki çileklere bakışını gördüm. Hemen en iri olanını seçip uzattım çocuğa. Çocuk çileği almak yerine annesinin gözlerine baktı önce. Annesi bana, 'Daha önce hiç yemedi, tadını bilmiyor,' dedi. Ben de ona, 'İyi ya, öğrenir işte,' dedim. Anne bana hüzünlü gözlerle baktı ve, 'Ya severse?' dedi. 'Severse ben ona bir daha nasıl çilek alırım?' Başımı öne eğdim, yine utandım.

Ya o hastaneler? Sen hiç orada yatan insanların halini gördün mü? Bir keresinde bitkisel hayata girmiş minik bir yavrucağın, yaşam ünitesine bağlıyken, fakir babasının doktorla konuşmasına şahit olmuştum. 'Çekin fişi doktor bey,' dedi adam çaresizce. 'Çekin fişi.' Çünkü adamın bir gün daha o çocuğu o hastanede tutabilecek parası yoktu. Cebinde son kalan parayla çocuğuna bir mezar alabilecekti ancak. O fiş çekildi Azra. O minik yavru o son nefesini verdi. Ama insanlık o son nefesin içinde boğulup kaldı."

Koca adam, çocuklar gibi ağlıyordu şimdi. Azra'nın da gözünden yaşlar boşandı. Birbirlerine sarılarak ağlamaya devam ettiler. O günden sonra düzelmedi hiçbir şey. Arda suskunlaştı. Terk etti Azra'yı, sonra yine geri döndü, sonra yine terk etti, yine döndü.

O günlerde Azra, bankacılık sınavına girmiş ve kazanmıştı. Bu müjdeyi verebilmek içinse, Arda'nın telefonunu açmasını ya da eve gelmesini bekliyordu. Bekledi, bekledi, bekledi... Yoktu Arda. Günler sonra tek satırlık bir mesaj geldi: "Uzaklara gidiyorum, hoşça kal..." Anlam veremiyordu buna. Telefonunu açmıyordu ama mesaj yolluyordu. Sabaha kadar karşılıklı mesajlaştılar. Elleri titreyerek yazdı Azra:

"Beni sevdiğin günleri özledim."

"Olan, her zaman olması gereken değildir. Ben de seni özlüyorum."

"Bitsin artık bu bitmek bilmeyen bitmeler."

"Ertelenmiş hüzünler, bir gün trajediye dönüşür. Daha fazla uzatmayalım bizi."

"Senden sadece bir şey istiyorum. Son kez gel yanıma. Sonra git. Ama son kez benim ol ne olur. Tek istediğim bu. Bu isteğimi çok görme ne olur. Çünkü bana sen öğrettin: İstemeyi bilmiyorsan, yetinmeye mahkûmsundur."

"Seninle yaşadığım hiçbir şeyden pişman değilim ben. Ama o son geliş, belki pişman eder beni aldığım kararlara karşı. Bilirsin, en güçlü hafıza, pişmanlığın hafızasıdır."

"Gel diyorsam, seni değil, izlerini özlediğimden. Ruhumu bana yeniden kazandırdın sen. Gelmezsen bu gülüş bu ruha oturmaz."

"Ne birlikte olabilmeyi öğrendim ne de seni kaybetmemeyi. Biz aşk değil, aşksızlık acısı çekiyoruz."

"Yalnızlık kendini ikimizle bileyliyor. Belki de sen beni değil, sahibi olmak istediğin şeyi kaybetmekten korkuyorsun."

"Ayrılığı engellemek yoktur, ertelemek vardır. Ve rüyalar uyumak değil, uyanmak içindir. Bir gün gideceğim belliydi zaten. Unutma, hayat elde ettiklerinden ziyade, elinde kalanlardır."

"Sor kendine, beni çok sevdiğin için mi beraberdik, yoksa beraber olmaya yetecek kadar sevdiğin için mi?"

"Ben sahip olduğuna ait olmayan biriyim. Ben zaten bu

dünyanın da adamı değilim. Bir gün dönebilirim de... Gururum ve onurum, senden daha değerli değil; ayaklarına kapanıp yalvarabilirim. Ama şimdi gitme zamanı. Her şeyin adına her şeye rağmen."

"Ben senin için aşka katlanmışım. Eğer istiyorsan, senin için ayrılığa da razı olurum."

"İşte benim kadınım budur derken bile seni sana 'sen'ce anlatacak bir lisanım yok. Şimdi her şeyi zamana bırakma zamanı. Evet! Zaman sadece saatin dönmesi değildir. Zamanla geçer, zaman da geçer."

"Zamanla geçermiş acılar, yenilgiler... Peki, o zamana ne zaman ulaşır insan? Ve neden o zamana bu kadar ağır akar zaman... Zamanla geçer dediklerin ne zaman geçer? Git! Ben kendimi yalanlarla kandırırım. Kandırılmaya alışığım."

"Kandırılmanın düşürdüğü durumlardan daha kötü olanı, insanın kendini kandırarak kendine söylediği yalanlarla hayata tutunmasıdır. Ve en güçlü yalanlar, gerçeklerle süslenmiş yalanlardır."

"Elindeki tek gerçeksem, hangi yalan beni yok etmeye yetebilir?"

"Tek gerçeğim ve tek hayalim olarak kalacaksın. Vazgeçtiğim seni sevmek değil, seninle olmak... Her şeyin farkındayım. Çok zor böylesi. Uzakta olmam her şeyi görmeme engel değil. Kör değilim, sadece görmezden geliyorum. Şimdi unutabilirsin beni."

Bu ondan gelen son mesajdı. Azra, ona son olarak şunu yazdı: "Her sabah uyanmak zorunda olmasam, çoktan unuturdum seni." Bir daha hiç cevap gelmedi. Sustu Arda. Sessizliği de sesi kadar yakışıklıydı.

Azra, Aykut, Arda:

(20 Kasım 2003, saat 10.55)

Aykut da hemen indi minibüsten. Ağabeyini ararken kader ona, çocukluk aşkı olan saçlarını rüzgâra satan kızı vermişti. Birkaç adım önünde yürüyordu işte Azra. Yıllar önce bindiği o kırmızı arabanın arka koltuğuna yaslandığında, pencereden içeri giren rüzgârın dalgalandırdığı saçları, şimdi tam önündeydi. Elini uzatsa tutabilecekti. Bir bankanın genel müdürlüğüne doğru yürüyordu Azra. Kapıdaki güvenlik görevlisine yaklaştı ve, "Merhaba, ben sınavı kazandım ve işe başlayacağım. Müdür yardımcısının odasını tarif edebilir misiniz?" dedi. Üç adım gerisinde Aykut vardı. Aykut, sesi titreyerek, "Azra," dedi. Azra, geriye döndü ve yüzüne baktı Aykut'un. Gözlerini kıstı. Aykut elindeki "A" harfli pembe tokayı gösterdi. Biraz baktıktan sonra yüzündeki soru işareti birden mutlu bir gülümsemeye dönüştü Azra'nın. Büyük bir sevinç nidasıyla, "Aykut!" dedi. Birbirlerine koşarak sarıldılar sımsıkı. Öyle bir sarıldılar ki onları ayırmak mümkün değildi sanki. "Sen," dedi Azra... "Evet, ben," dedi Aykut.

Tam o sırada bir gürültüyle irkildiler. Yoldan geçen bir kamyonet, kaldırıma çıkmış, binaya doğru hızla geliyordu. İkisi de üzerlerine doğru gelen kamyoneti kullanan adama bakıyordu şimdi. Önce Aykut, "Ağabey," dedi. Sonra Azra, "Arda..."

Arda, ikisini de son anda fark etmişti. Çevik bir hamleyle kamyoneti başka tarafa yönlendirmek istedi ama artık her şey için çok geçti.

(Bir gün sonra)

Ertesi gün, gazetelerin sürmanşetinde şu başlık vardı: "Levent'teki HSBC Genel Müdürlüğü'ne terör saldırısı." Gazetenin haberde kullandığı fotoğrafta da yerde yatan insan cesetleri ve "A" harfli pembe bir toka vardı.

Not: Hiçbir mağduriyet, terörü haklı kılmaz.

Aşkın karşılıksız olanı daha uzun sürer.

Âşık olduğun kişiye hem senden başka hiç kimsenin âşık olmasını istemez, hem de öyle bir güzelliğe senden başka kimsenin âşık olmamasına şaşırırsın.

Erdem kılığında dolaşan bir yenilgi midir affetmek? Yoksa gerçekten bir erdem midir? Beni affedersen kendinin bir adım ötesine geçeceksin biliyorum. Ama ya beni affettiğin için kendini affedemezsen?

Hayatı bir otomobil yarışı gibi düşünürsek, bu yarışta birinci gelmenin sırrı çok hızlı gitmek değil, zamanında frenleme yapmaktır.

Başka birine güvenecek kadar kendine güvenen insan, cesur insandır.

Kendi hikâyesini yazamayan, başkasının hikâyesi olur.

Ellerimde nöbetini tutuyorum. Kimseye değmedi, değmeyecek aşkım. Geleceksin biliyorum. Bir gün mutlaka geleceksin!

Her yeri açık, koskocaman bir terasa sığınmayı istemek nedir bilir misin? Sana sığınmak istemenin bundan bir farkı yok. Hangi yanına sığınsam açıkta kalıyorum.

Bir dikili acım yok, içinde sen olmayan...

İşte böyle bir şeysin bende. Hem içimdesin, hem düşecek gibisin. Tıpkı bir nefes gibi... İçimde tuttuğum sürece benimsin. Bırakırsam gideceksin, bırakmazsam öldüreceksin.

Yaşadığımı, Beni Öldürürken Mi Fark Ettin?

Başkasını sevmen, bana acı verir mi sandın? Sen beni de sevmemiştin ki zaten…

Çocuktum, öyle inanmıştım ki döneceğine.

Bir bana mıydı yollarının dikeni? Geç kalmalara bu denli aceleci oluşun, çocuk kalbimi kırmaların, beni senden almalarına izin vermelerin, hep bu yüzden miydi?

Adına sevmek denen bir yoksulluk muydu bana sunduğun, n zenginliğinde?

Küfür küfür eserken ayrılık rüzgârı, bir bana mıydı "Hoşça kalların..."

Bir sen kalmıştın oysa bana senden sonra... Senden öncem zaten seninle bitmişti.

Onsuzluk, sonsuzluktan daha sonsuz demiştim soranlara. Ne büyük aptallıkmış meğer.

Dedim ya çocuktum işte... Öyle inanmıştım ki döneceğine.

Ölüm uzun bir vedadır sevgili. Ve rüyalar, uyumak için değil, uyanmak için vardır.

Kes biletimi. Kendime dönüyorum ben. Kalbimin kırıklarını birleştirsem de eskisi gibi olmuyor nasılsa.

Sesime küstüm.
Yağmurlarımı tükettim.
Şemsiyeler ıssız kaldı.
Büyümeden yaşlandım ben. Hayat bana ilk gördüğüm insanların, ilk gördüğüm gibi olmadığını öğretti.

Büyük hayallerin kırıkları da büyük olur ama ne yapayım, yıldızlar da ancak kendini yakabildiği sürece yıldızdır.
Allahım bana yaşattığın nasıl bir denge? Ben onun için yanmaya bu denli hazır, o benden gitmeye bu denli teşne...

Hiç bilinmezli denklemim, ne garip değil mi aşkın nefreti kolaylaştırması?
Kendi yaramın yabancısıyım şimdi. Kalabalığım çok, insanım yok. İnsana, insanla varılır oysaki...

Sensizlik değil giderken bıraktığın, düpedüz bensizlik!
Senden sonra "Biz" olmadı bir daha. Varlığımdan yokluğunu

çıkarınca geriye hiç kaldı. Ne peşinden koşabildim ne kendimde durabildim. Yine de hiç kimseye vermedim, bana verdiğin acıyı.

Yaz soğuğunu tanıdım senden sonra. Senden sonra, başka sonralar da oldu. Ama ben en çok seni bekledim senden sonra. Ne kadar çoğalsam, hep bir kişi eksik kaldı. Şimdi herkes biraz sen gibi ama kimse değil senin gibi...

Artık kendini bile ısıtamıyor, altı kısık kalbimin ateşi. Yazdım, yazdım, yaza yaza azaldım. Adam olamadı içimdeki çocuk. Kalbinin kilidini açacak anahtar kelimeler bilsem de hep figüran kaldım kendi filmimde. Bir ben etmedi senden kalanlar. Aslında ben hâlâ benim de... tanık bulamıyorum kendime. Yine de çalan her kapıya koştum belki benimdir diye... Kendimden yaptığım uçurumları armağan ettim kendime. Meğer sensizlik, düşerken kaybolmakmış uçurumun içinde...

İlikler bile düğmeler boş kalmasın diye varken, sen neden yoksun ki yakamda?

Çocuktum işte... Öyle inanmıştım ki geleceğine...

Keder yarışının galibi, mağlup olanlarmış. Yıllar sonra döndün mağlup bıraktığın yere.

İçimi dolduran ıssız boşluk, kalbimi ölü ele geçirişin ve geçmiş zaman bahçelerinde beni hâlâ aynı çocuk zannedişin...

Her şey çok değişti sevgilim. Ben o zamanlar sana, sen olduğun için ve olduğun şeye ihtiyaç bile duymadığın halde, hastalıklı bir şekilde âşık olmuştum.

"Şimdi beni kendinden nasıl taburcu edeceksin?" diye sormuştum.

Ama artık çocuk değildim işte... Çok büyüdüm ben sensizlikte.

Bugün anlıyorum ki, bire hiç eklemekmiş gelişin.

Haydi, şimdi güle güle...
Sana özgürlüğünü, pişmanlığının kölesi olman için veriyorum ve seni kalbimden taburcu ediyorum sevgili!

Ne oldu?
"Hoşça kalamadın" değil mi?

Dışının, içinden daha güzel olduğu bir hediye paketi gibidir aşk. Alacaksan açmayacaksın, açacaksan almayacaksın.

Aşk yaşarken değil, bitince başlar.

Yalnız olmak dert değil, zor olan yalnız kalmak.

Balık balık gibi değil, deniz gibi kokmalıdır.

Özgürlük, sadakatin kelepçesidir.

Hayat kendi ezilmişliğini ve yangınını izlediğin bir kül tablosudur.

Seni gözümde bu kadar büyütmeme aptallık diyorsan, bu senin karakterinin küçüklüğü, benim hayal dünyamın büyüklüğüdür.

Kendinle baş başa kaldığında bile ruhun daralıyorsa, sıkıldığın kişi sensindir.

Önemli olan iyi bir savaşçı olmak değil, iyi bir savaşçıyken bile barıştan yana olmaktır.

Tanrı zamanı yarattı, insan öldürüyor.

Unutmak ne de güzel yakışmış sana. Bir ütülü gömlek gibi giymişsin üstüne, yitip giden bizi. Unutacak ve gideceksin biliyorum. Üstünde hâlâ ütülü duran "Biz" gömleğinle sakın beni başkalarıyla kırıştırma!

Beni unutmaya çalışıyorsun... Ve gideceksin... Üstelik adın hâlâ dişetlerimde kanıyorken. Önce vardın. Hiç kimseye benzemiyordun. Şimdi yoksun, herkes gibi oldun.

Ayrılmak kaçınılmazdır, çünkü insan bir tek kendi kalbinde misafir değildir.

Yanmayı bilmiyorsan, ışık olman neyi değiştirir?

Cahili kandırmak kolaydır; zor olan, kontrol edebilmektir.

İnsan kendine en büyük cezayı, başkasının çocuğuymuş gibi davranarak verir.

Erkeği, peşinde koşup yakaladığı kadın değiştirir; kadını, peşinde koşup yakalayamadığı erkek.

Nereye gitmek istediğini, nereden geldiğin belirler.

Parası olanın zamanı, zamanı olanın parası olmaz.

Yalnızlık seçilmiş bir özgürlüktür ama özgürlük yalnızlık değildir.

Unutma! Sana bir yabancıyken âşık olduğun, terk ederken en iyi tanıdığındır.

Sabretmek, pes etmek değildir.

Yalnızlık, insana, kendi açtığı yaralarına bile kendisi pansuman yaptırandır.

O kadar da dert etme! Nasıl olsa bugün, dünü unutturacak daha büyük yaralar açar sende.

Browni

Öyle fakirdi ki çocukluğum, ecel gelse almazdı.

İlkokul yıllarım geçiyor aklımdan. Ne zor günlerdi Allahım. Zengin okulunda fakir çocuk olarak okumak… Etrafında seni her teneffüs ezecek bir çoğunluk. Etrafında anlamsız bir kalabalık. İçinde bir yalnızlık… Bildiğin sorulara bile parmak kaldıramamak… Utandığım şey, parmak kaldırmak değildi aslında. Öğretmenim tahtaya kaldırdığında tüm sınıfın yırtık ayakkabılarımı görecek olmasıydı. Oysa ben ustaca saklardım onu en arka sırada…

Okuldan artakalan zamanımda bir kırtasiyede çalışırdım. Haftalığım on lira. Sınıf arkadaşlarım o kırtasiyeden alışveriş yapmaya gelirdi. Orada oyuncaklar da satılırdı. Arkadaşlarım annelerine aldırırdı. Hiç oynayamadığım ve oynayamayacağım oyuncakları hüzünle paketler, arkadaşlarıma verirdim. Neşeyle çıkar giderlerdi dükkândan; ben, arkalarından bakakalırdım.

Öyle fakirdi ki çocukluğum, ecel gelse almazdı.

Fakirdik evet ama zenginlerin yüksek duvarlı evlerinin arka bahçelerinden, yaz gecelerinde dışarı taşan müzikle, onlarcan daha çok eğlenirdik. Dakikalarca dans ederdik, dans etmeyi bilmeden...

En zoru da bayram günleri olurdu. Geçen yılın küçülmüşleriyle mahallede oynarken komşunun oğlu, "Annen sana bayramlık almadı mı?" diye sorardı. Üzerimdekileri gösterir, "Bunlar geçen bayramdan kalanlar. Seneye kardeşim giyecek," derdim. Çünkü o bayram, kardeşimin küçülmüşü bile olmazdı üstünde.

Öyle fakirdi ki çocukluğum, ecel gelse almazdı.

Sonra biraz daha büyüdüm. Lise çağlarıma geldim dayandım. Yaşıtlarımın giydiklerini giyemedim hiç. Cebimde onlarınki kadar param olmadı. Yine çalıştım, yine çalıştım... Okul sonraları aileme, kardeşlerime bakabilmek adına ne iş bulduysam yaptım. Kir, pas ve yağ içinde didinip durdum.

Seyyar bir pilavcı vardı tam karşı sokağın köşesinde. Her öğlen kir pas içinde oraya gider, pilav yerdim. Bir gün aç karnımı büyük bir iştahla doyururken, vitrinde yansıyan kendi görüntüme baktım. Üstüm başım perişan. Yediğim pilav dudaklarımın kenarına yapışmış. Katık edecek ayran yok, oturacak sandalye, masa yok; ayakta, üstüm başım sefil bir haldeyim...

İsyan ettim o an her şeye... Değiştirip üstümü başımı gittim otogara. Terk edecektim bu lanet şehri, bu lanet hayatı... Otobüs firmalarını gezerken yaşlı bir amca çarptı gözüme. Otobüslerden çıkarılan çöpleri topluyor ve oğlu yaşındaki muavinlere, "Bir şeyler var mı evladım?" diyordu. Sonra muavin otobüsün içinden yaşlı adama kek, kraker, meyve suyu falan getiriyordu. Yaşlı adam sessizce bir köşeye çekilip, etrafındakilerin bakışlarından utana sıkıla yiyordu verilenleri. Çöplerini de kendi torbasına atıyordu. Amcanın gözünden akan yalnızlığı gördüm. O amcanın hali beni kendime getirdi ve vazgeçip geri döndüm. Nereye kaçsam, kendi peşimi asla bırakamayacaktım. Geri döndüm; benim hiç olmazsa ayransız da olsa yiyebileceğim bir pilavım vardı...

Öyle fakirdi ki çocukluğum, ecel gelse almazdı.

Üniversite yıllarım... Ezikliğin ve gururun tek bünyede varoluşu. "Bu insanlar için bir adam olurum ama bu insanların adamı olmam," dediğim yıllar. Hayatın engebeli yolunda, hep çalışarak ve belimi bükse de şikâyet etmeden geçtiğim yıllar. Okumak için sahaflardan aldığım eski ve ucuz kitaplar. O kitapların burnuma sinen kokusu, halk günlerinde gidilen sinemalar, ucuz çay bahçeleri, uzaktan gıptayla izlenen el ele tutuşmuş sevgililer...

Günümün çoğunu, her fırsatta kaçıp kaçıp gittiğim Taksim'de geçirirdim. Bir gün bir şey oldu ama... Bugün bile içimi yakan bir şeydi, Taksim'e gitmek için bindiğim belediye otobüsünde yaşadığım o küçük detay... Otobüse biner binmez oturulacak tek yer olan, iyi giyimli yaşıtım bir genç kızın yanına oturmuştum. Hiç tanımadığım bu yabancı, sürekli tırnaklarına sürdüğü kırmızı ojelerine bakıyor, biçimli parmaklarını seyrediyordu. Pamuk gibi bembeyaz elleri, benim de dikkatimi çekmişti.

Ben farkında değildim; eski püskü montum, onun kaliteli kabanına değmiş! Kırmızı ojeli uzun parmaklarıyla önce montunun üzerinden bir pisliği atar gibi yapıp yandan, beni hafife alan bakışlarla süzdü, kılığıma kıyafetime baktı ve beğenmediğinden olsa gerek, yanımdan kalkıp ayakta gitmeye başladı. O kırmızı ojeli ince uzun parmaklar, ciğerimi tırmaladı sanki. Öyle incinmişti ki gururum, içimden kendini bir bok zanneden bu insana, "Beğenmediğin ben miyim yoksa üstümdekiler mi!" diye bağırmak geçti. Sustum. Yüzüne acı acı baktım son durağa kadar. Sonra yine o insan seline karışıp geride bıraktım her şeyi... Bir daha hatırlamamak üzere...

Taksim'in görkemli binalarından birinin dibine çöküp hayatı sorgulamaya başladım. Önümden kayıtsızca geçip giden insanları seyrettim. Kâğıt mendil satan küçük bir kız çocuğu, her geçene, "Abi almaz mısın?" diye sorup duruyordu. Kimse ondan mendil almıyordu. O ise hiç yılmadan sormaya devam ediyordu: "Abi almaz mısın? Abla almaz mısın?"

Yalnızca sağ eline giydiği eldivene ilişti gözüm. Neden diğer teki yok acaba diye düşündüm. Ve fark ettim ki çocuğun aslında eli yoktu. Protez elini kapatmak için giyiyordu o eldiveni. İçim burkuldu. Otobüsteki ukalanın kırmızı ojeli eli geldi aklıma. Ve gidip o kızın protezli elini öptüm. Çok şaşırdı küçük kız. Anlamsız bakışlarla yüzüme dikti yüzünü. "En çok ne yemek isterdin?" diye sordum taşmaya teşne gözlerimi ondan saklayarak. "Browni," dedi hiç düşünmeden. "Neli seversin?" dedim. Sustu. Sonra, "Fark etmez abi. Neli olursa olsun. Ben daha hiç yemedim ondan. Arkadaşlarım çok güzel olduğunu söyledi," dedi. Bir kurşun daha saplandı kalbime. Köşedeki büfeden bir Browni aldım ona. Bir de kendime. Beraberce yedik, hayatımızda ilk defa...

Sonra yüzüme bakıp bir kahkaha attı küçük kız. Ne olduğunu sordum meraklıca. "Ağzının kenarlarına bulaşmış abi," dedi. Gülümsedim ve, "Senin de," dedim. Cebimdeki bütün parayı ona verip elindeki kâğıt mendilleri satın aldım. İçinden bir tanesini açıp sildim dudaklarını. O kirlenmiş peçeteyi hâlâ saklıyorum, bana insanlığımı hatırlatıyor.

Artık Taksim'de bir arkadaşım vardı benim. Adı Pembe. Oraya ne zaman gitsem, ona Browni götürürdüm. Karşılıklı yer, sonra beraber kâğıt mendil satar, eğlenirdik. Bana hep, "Abi sen neden yalnızsın, yok mu sevdiğin bir kız? Evlenmeyecek misin sen hiç?" diye sorardı. Hüznümü saklayıp şakaya vururdum, "Benim sevdiğim kız sensin. Büyümeni bekliyorum. Seni alacağım ben," derdim. Kahkahalarla gülerdi…

Aylar sonra, Pembe'nin sorduğu aşk çıktı karşıma… Çok sevdim onu. Adımı unuturcasına, adını adım yaparcasına sevdim. Hayallerimi süsleyen kadındı o…

Yakıyordu aşk; önce dıştan içe, sonra içten dışa… Tek dileğimdi yalnızlığımın sonu olması. "Her yalnızlığın bir sahibi var," derdi. Derdi de giderdi ama... O hep giderdi zaten. Gelmesi vardı ama kalması yoktu onun. Her gelişinde gitmeleri saklardı valizinde. Bir vardı, bir yoktu. Ve ben hayalimdeki aşka tutunup gerçeğinden ayrılıyordum her sefer…

Sevdiğini söylemez, sevmediğini susardı. "Aşkı taşımayı bilmeyen, aşkı yaşamayı da bilmez," derdi. Ve yine giderdi. Bir masal anlatıyor gibiydi. Sonunu yalnız kendi bildiği… Ben bu masalın sonunu beklemiyordum, ben bu masalı yaşıyordum. Hep yarınlardan bahsederdi. Ama hayatına hiç bugünler girmezdi. Peki bugünler, dünlerin yarını değil miydi?

Haftalar, aylar, sürüne sürüne geçip gidiyordu. Artık ne gittiğine üzülüyordum, ne geldiğine seviniyordum. Sadece kabul ediyordum. Önünü görmeden ileriye bakmak, nasıl da tökezletiyordu insanı... O bunun farkında mıydı değil miydi bilmiyorum ama her seferinde o, benim aşkımdan aldığı hazla ileriye doğru gidiyordu. Ben yine arkada kalıyordum, ardı oluyordum... Gayret sarf etmeden ilerlediğini zanneden biri, yokuş aşağı indiğinin farkına varamaz. O da farkında değildi zaten. Sevmekle sevmemek arasına hamak kurmuş, bir gidiyor, bir geliyordu. Ona, "Sevmekle sevmemek arası bir şey yoktur; emin olmak veya şüphe etmek vardır," diyordum ve cevap bekliyordum. O ise bana, "İnsan bir kere âşık olur; diğerleri hep ondan izler taşır," diyordu. Kimin izini taşıyordum bilmiyordum. Ama bir şeyi çok iyi öğrenmiştim: Her yalnız, bir gün mutlaka kendini mutsuz edecek birini buluyordu.

Doğum günümdü. Yine Taksim'deydim. O gelecekti. Son kez beraber kutlayacaktık o günü. Ve bir daha dönmemek üzere gidecekti. Bekledim, bekledim, bekledim... Gelmedi!

Sadece tek satırlık soğuk bir mesaj düştü telefonuma. "Elveda desem, hoşça kalabilir misin? Hoşça kal."

Kapanıp masaya ağladım. Sonra o protez el dokundu omzuma. "Neden ağlıyorsun abi?" diye sordu. Gözyaşımı sildim ve sarıldım sıkıca. "Bugün doğum günüm, sevinçten ağlıyorum Pembe," dedim. "Bekle o zaman," dedi ve koşarak uzaklaştı yanımdan. Tekrar telefonumu elime aldım, uzun uzun düşündükten sonra ona son mesajımı gönderdim: "Benim bir ayrılığa ihtiyacım yoktu; neden geldin?"

Tam o sırada, "Doğum günün kutlu olsun," dedi bir ses. Arkama döndüm, Pembe gülümsüyordu. Elinde bir Browni, üstünde bir mum.

Gülen gözlerinden içeri girip yeniden o fakir çocukluğuma döndüm. O benim fakir çocukluğumdu. Öyle fakirdi ki çocukluğum, ecel gelse almazdı.

İnsanı asıl yalnızlaştıran şey, uzağındayken unutulmak değil, yakınındayken hatırlanmamaktır.

En cesaretli yalanlar, en korkak gerçeklerin arkasında gizlidir.

İnsan, sıradanlığının üstünü, sıra dışılıkla örtmeye çalışır.

Bana saklanarak kendinden kaçamazsın.

Terk etmek, bir yenilginin sonucudur, nedeni değil.

Hatıralar, onlara yüklediğimiz anlamlar kadar derindir.

Ne zaman arasam, meşgule düşüyor kalbin.

Kendine söz vermek, kendini kandırabilme hakkına da sahip olmaktır.

Güzellik, güzelliği görebilen bir göz olmadıkça güzellik değildir.

Bizi, ikimizden, toplamadan çıkardık; elde var iki sıfır.

Ne olduğun, kim olduğunu etkilemez.

Sen uzaklarda ağlarken, ben böyle başkalarının gözyaşlarını mı silecektim yanaklarından?

Ben bende değildim sen gittiğinde ve hayat yerinde yoktu ben dönebildiğimde.

Anladım ki ölünecek bir şey yok senden sonra ama uğruna yaşanacak bir şey de bırakmadın geride.

Kimsesizlik yalnızlık değildir.

Doğrusu yanlış, yanlışı doğru olan cahil bilgeler, kırışık bir hayatı ütülemek yerine ütüsüz bir hayatın kırışıklarına gizlenmeyi seçerler. Onlar, sahibini oynattığını zanneden budala birer kukladır. Ve düşmeyi uçmak zannederler.

Bazı insanların kaderi istiridyeye benzer; kalplerinde sakladıkları bir inci için, köklerinden sökülürler.

Her şeyi terk edenler, ayrılıktan ayrılamazlar. Bu yüzden gittikleri her yere ayrılığı da götürürler.

Külün Gençliği Ateştir

Çekingen ve tutuk adımlarla ilerledik birbirimize. Tedirginliğimiz bizi hep suçüstü yakaladı. "Korkma aşktan, aşk senden korksun ulan!" dedim ona. Korkmadı... Hem de hiç korkmadı... Ben de korkmadım... Ama yine olmadı.

Kalbi bir saat sarkacı gibi bir bana geldi, bir ona gitti. Biliyordum onu daha çok sevdiğini. Benimkisi bir aşk dilenciliğiydi. Aşkın kapısından bir asil gibi girmiş, bir dilenci gibi çıkmıştım. Bir gün beni gönderecekti ülkesinden. Beni... Yani kapısındaki dilenciyi.

Bana acıyor, onu seviyordu. Korkuyordu. Bağlanmıyordu. Bağlanmaktan hep kaçıyordu. Bu yüzden, ne zaman derin derin baksa gözlerime, elleri gizliden uzanırdı ötekisine.

Yine de aldırmazdım. Bir gülüşü, bir tatlı sözü sevinmeme yeterdi. Ve her sevinçte bir hüzün boy verirdi. Bir yanlışa sarılır gibi sarılmıştım ona; ölümüme kadar sakat bırakarak kendimi... Bile

bile... Seve seve... Yeri geldiğinde bir doğru gibi gidecektim yine de... Hazırdım gitmelerin tümüne...

İnsan ne kadar güçlü olsa da aşkta, aşk hep yenilen oluyordu ayrılığa. Tokat gibi bir "Git"le çıktı bir gün karşıma. Ummazdım bu kadar yanacağını canımın. Çok ağladım... Ağlamalarım ağlamalardan utandı.

Şairin mermisi şiiridir dedim ve sadece bir şiir bıraktım geride. Cevabını göğsümde taşıdığım uzun bir soru gibi...

Beton yüreklerin harcında sevmek yoktur sevgilim. O zaman neden kalbime o kadar şefkatle girdin? Oysa ben seni öyle mi sevdim? Yokluğunun işkencesinde bile tek bir aldatma çıkmadı benden. Sen, onu ve beni aynı anda severken...

Sen beni öpünce, içindeki "Öteki" ağlardı bilirdim. Şimdi git diyorsun hiç gelmediğine ve gidiyorsun. Olsun. Ben aşkı yasaklardan öğrendim, yasaklanmayı da bilirim! Zaten önce sarıp sonra üşütmüyor mu her kol? Ayrılık hep aşk kılığında gelmiyor mu?

Çok mu acıttı seni karşılık istemeyen aşkım, ki bu kadar haince oldu "Git"in? Neydi sana bu kadar ağır gelen, ben mi, sevgim mi? Oysa ben sana bakınca kendi hayallerimi görüyordum. Benim kaderim senin alnında yazılıydı. Ama sen bilmiyordun, anlamıyordun. Kalpçeden anlamıyordu senin dilin. Ben severken konuşmazdım ki sevgili; aşka, bir bıçak gibi insin istemezdim yanlış anlaşılacak sözlerim...

Ölüme bakan bir boşluğa düşüyorum şimdi. Bu terk edilmişlik, bu yenilgi, bu âcizlik yine de yıkmaz beni. Sevdim ve vazgeçmedim senden, bir onursuzluk pahasına... Senin bir zehir olduğunu bile bile tadına baktım ben. Ve en sıkı kucaklaşmalarda başladı yitirme korkusu. Senden gelecek bir "Git"e, kor ayaklar hazırladım ben; haberin bile yokken... Ben seninleyken bile senin söylemek isteyip de sakladıklarını bildiğim için bu kadar kederliyim, bu kadar yalnız.

Burnumda terk ettiğim şehrin kokusuyla gidiyorum. Daha doğrusu gönderiliyorum senden. Bir başka şehre gidiyorum ben; senin gibi bir başka insana değil. Gitmek, kal demeyi beklemektir bazen. Yazık ki bu şansım hiç olmayacak. Senin bunu söylemeye de cesaretin yok biliyorum. Gittiğim yerde ben kendime söylerim merak etme. Babaları gidince daha çabuk büyürmüş küçük kızlar. Umarım büyürsün. Umarım unutursun gerçekten.

Yalnızlığımın parmak izleridir yanağında bıraktığım. Benden sana kalanlar gözlerinde ağlaşır belki. Benim dilim, senin hiç duymadığın bir şarkıyı söylüyor şimdi. "Müsait Bir Ayrılıkta İnecek Var" bu şarkının adı. Ömrünü ömrüne ekleyecekleri ömürlerinden gönderenlerin hep yarım kalacak bir cümlesi vardır ve o cümlenin noktasını zaman acıyla koyar. Hadi ben şarkılara şiirlere sığınırım da... Sen? Sen daha ne kadar susabilirsin bu iklimde? Bak, sustukça artıyor acılarımız.

İnsan zamanın değerini zamanı azalınca anlıyor. Zaman seni onda bırakır, beni sende biliyorum. Ve bazı geç kalınmış pişmanlıklar geç kalındığı için daha da pişman bırakır insanı. Ben de bunu çok geç öğrendim biliyor musun? Bazen uyurken de kendi içinde uyuyakalabiliyor insan.

Gidiyorum sevgili. Bir hoşça kal sokağından yazıyorum bu şiiri. Buraya kadar işte. Gerisini hayat halleder boş ver. Sen içinde saklı kalmış kayıplarınla yaşa. Gerçeği silikleştirecek kadar büyük bir şiir yazarak cezalandırıyorum seni. Ben, aşkı evcilleştirmeden kendimin kılmayı başaramadım. Harcadığım zamanı sana iade ediyorum, en nitelikli acılarımla... Hayatımda kaderimin yerini alan bir rastlantıydın, şimdi kaderime yol alarak seni sana geri gönderiyorum. Zamanın kaybettirdikleri ile sakladıkları arasında bir yerlerde bir sarkaç gibi gidip geldim. Bak seni yazayım derken aşkımı anlattım. Öyle büyüktü ki aşkım, sığmadı hiçbir satır; çoğu, şiirin dışında kaldı.

Sen şimdi benden gidip ona dönüyorsun. Bak işte insan bazen dönerken de kaçabiliyormuş değil mi? Bu da bir büyüme tecrübesi olsun sana. Ama sakın unutma. Bazı insanlar bir kere büyür ve hayatının geri kalan kısmında da hep o yaşta kalırlar. Beni öldürerek çoğaldığını sanıyorsun ama unutma büyürken bile benim gölgemle büyüyeceksin. Benim gibi hep aynı şeyi kaybetmişlerin ortak ve sessiz diliyle konuşurum, çoğalırım ben merak etme. Ama sen bu sessizliğin neresinden tutup da ayağa kalkacaksın şimdi?

Bir şehrin sokaklarında kaybolmadan o şehri tanıyamaz insan. Hayat, yollarında kaybolmadan öğrenilmiyor bazen. Ve kaybolmak da öğretici olabiliyor çoğu zaman. Ben kendimi sende kaybettim, sen beni kendinde. Yağmur herkes için yağar ama herkes o yağmurda aynı baş döndürücü sarhoşluğu yaşayamaz. Tıpkı bakmakla görmek arasındaki fark gibi. Keşke sen de aşkı, karşındakinin gözlerine değil de kalbine bakarak öğrenmiş olsaydın.

Şimdi tüm sönmüşlüğümle, nefesini arkama alarak savruluyorum hayatından, tıpkı bir kül yığını gibi... Kül ettiğin hayatımla hayatından çıkıyorum. Ama sakın unutma külün gençliği ateştir sevgilim. Külün gençliği ateştir.

Kalbinin taşlarında izim kalsın. Susuyorum ve gidiyorum. Hoşça kal sevgili.

"Susarım, içimde bir yangın başlar
dokunsam artakalan sen
kül olan ben

taş duvarlar yanmaz bilirim
büyük yangınların isini giyinirler"

Yalnız yürümek kalbimi bu kadar üzmedi, elimden tutsaydın belki de düşmezdi.

Herkes birbirini çok iyi tanımak ister ama kimse, "Gerçekten" tanınmak istemez.

Tecrübe eskimez.

İçindeki çocuğu bir yetişkin yapabilirsin ama bir çocuktan bir yetişkin çıkaramazsın.

Ve umut, acıyı uzatır bazen. Ve acı, umudu doğurur bazen.

Duyduklarını görebilirsin ama gördüklerini duyamazsın.

Terk etmek galibiyetin zaferi değil, mağlubiyetin tahammülüdür.

Gülmek, gözbebeğindeki hüznü silmez.

Seni terk edenin, seni terk ettiği için yaşadığı vicdan azabı bile seni üzüyorsa, gerçekten sevmişsin.

Her şey yolundaysa, ters giden bir şeyler var demektir.

Vuslat, komaya girmiş yaralı bir olasılıktır ve ölmediği sürece gerçeğe dönüşme ihtimali hep vardır.

Kaybetmeye dayanamayacağını sevme.

İnsanlar aşkta ikiye ayrılır. 1: İkiye ayrılanlar. 2: Bire dönüşenler.

Rüyalarında ve masallarında başka başka hayal dünyalarının tadını çıkaranlar, bunun bedelini uyandıklarında hâlâ aynı dünyada olmanın tahammül edilemez hafifliğiyle öder.

Kitap Okudukça Ve Sırtımdaki Hayata Anlamlar Yükledikçe Kamburlaşıp Altında Eziliyorum. Şimdi Suç Hayatın Mı, Benim Mi, Yoksa Kitapların Mı?

Günlerce, saatlerce aradıktan sonra, tabanları artık hiçbir şey hissetmiyorken ürkek adımlarla kitabevine girdi delikanlı... Bu son şansıydı artık. Eğer aradığı kitabı burada da bulamazsa kendine lanetler okuyacaktı ve hazırladığı sürpriz boşa gidecekti. Dışarıdaki zemheri soğuk, dudaklarını çatlatmıştı. Üzerindeki incecik ceketi, onu soğuktan korumaya yetmiyordu. Ama olsundu. Kalbi sıcaktı, üşümüyordu.

Kitaplarla dolu bir rafın önünde durdu. Gözleri heyecanla o kitabı arıyordu. Bir an önce o kitaba kavuşmak istiyordu.

O kadar heyecanlıydı ki kalbinin gümbürtüsünü duyabiliyordu sanki... Gözleri o kitabı aradıkça ve bulamadıkça, büyük bir kaygıya doğru sürükleniyordu. Ve birdenbire alt rafların birinde görüverdi kitabı. Yüzündeki kaygılı ifade, yerini mutlu bir gülümsemeye bıraktı o an. Elleri kitaba uzanırken tir tir titriyordu. İşte sonunda avuçlarının arasındaydı o kitap. Efsanelerde yitirilmiş bir inciyi bulmuşçasına sevindi. Kısık bir sesle, "Seni buldum, seni buldum," diye tekrar etti. Gözleri nemlenmişti. Kitaplara âşık biriydi. Onu bir yalnızlıktan kurtarıp başka bir yalnızlığın içine götürüyordu her kitap. Kitaplar onun arkadaşı değil, gerçek dostuydu. Arkadaşlarla güzellikler paylaşılır, kafa dengi olunurdu sadece... Ve dost olmayı beceremeyenler arkadaş kalırdı. Oysa dostluk, kavganın ve barışın zıt anlam taşımadığı bir kavram olmalıydı. O yüzden kitaplar hayattaki tek dostuydu delikanlının. Onlarla barışır, onlarla kavga ederdi hep... Kitaplar sessiz öğreticileriydi delikanlının. Halbuki, sorusu olanların peşine düştüğü halde, hiçbir soruya cevap vermezdi kitaplar. Çünkü hayatı hissettirmez, anlatırlardı onlar.

Delikanlı, boşluktan yapılmış bir sığınağa girerdi her kitapta. Kitap onun, hayatı alt eden ikamesiydi. Aklını rehabilite ederek ne çok şey öğretmişti bu kâğıt öğretmen ona...

Hayatında bu kadar önemli bir yer tutan kitaplar için, cebindeki tüm parayı hiç düşünmeden verebilirdi. Öyle de olacaktı... Kitabın arkasındaki fiyata baktığında, cebindeki tüm paranın toplamının bile kitabı almaya yetmeyeceğini gördü. Sadece birkaç kuruşu eksikti cebinde. Ne yapıp edip almalıydı o kitabı. Kasaya doğru yürümeye başladı. Kasadaki adama yalvaran gözlerle baktı. "Lütfen," dedi. "Lütfen küçük bir indirim yapın. Cebimdeki tüm para bu! Sadece birkaç kuruş eksik. Bu kitabı mutlaka almalıyım," diye yalvardı.

Adam önce kitaba, sonra delikanlının yüzüne baktı. Bir kitabı bu kadar çok isteyen birine zorluk çıkarmak değildi niyeti. Belli ki kitabı bitirmek değil, anlamak arzusuyla okuyanlardandı. Delikanlının uzattığı parayı aldı ve gülümseyerek, "İyi okumalar," dedi. Bir çocuk gibi sevinmişti delikanlı. Utancından hediye paketi yapar mısınız bile diyemedi. O heyecanla kitabevinden çıktı. Hâlâ sımsıkı tutuyordu kitabı. Hızlı adımlarla insanların arasına karıştı. Bir an önce yetiştirmek istiyordu.

O kadar mutluydu ki... Sonunda, sevdiği ama bir türlü açılamadığı kıza aradığı kitabı hediye edecekti. Kızın bugün doğum günüydü. O kitabın adını bir arkadaşıyla konuşurken duymuştu. Telefondaki kişiye günlerdir o kitabı aradığını ve bulamadığını söylemişti kız. Delikanlı istemeden de olsa kulak misafiri olmuş ve kitabın ismini bir kenara not etmişti.

Aynı işyerinde çalışıyorlardı. Kız, şirketin muhasebe bölümünde staj yapıyordu. Delikanlı ise, ofisin getir-götür işlerine bakıyordu. Uzun zamandır âşıktı o kıza. Ne zaman yardıma ihtiyacı olsa koşup geliyordu yanına. Ofiste olduğu süre içinde, sürekli çay kahve getirip bırakıyordu masasına. Kız, içten bir gülümsemeyle teşekkür ediyordu her defasında. Delikanlının, kendisine gülümseyen o gözlere bakarken başı dönüyordu adeta.

Kısa ve küt kesilmiş siyah saçları, oya gibi gözleri, küçücük biçimli bir burnu ve incecik bir vücudu vardı. Ona hayran hayran bakarken, hayalinde bile kendini o kızın yanına yakıştıramıyordu delikanlı. Sıska, çelimsiz bir vücuda, vasat bir görünüme sahipti çünkü. Küçük yaştan beri geçirdiği hastalıklar, gelişimini engellemiş, okula gitmesini zorlaştırmış ve astım bronşiti yüzünden bir işte çalışması da neredeyse imkânsızlaşmıştı. Kitaplara olan düşkünlüğü, hasta yataklarında uzun zaman geçirmesinden kaynaklanıyordu. Kendini hayatın içinde değil de kitapların sayfaları arasında geliştiriyordu. Yıllar geçtikçe parasızlıkla birlikte böyle yaşamaktan sıkılıp artık çalışmak istediğini söylemiş, ailesinin tüm uyarılarına rağmen bir ofiste işe başlamış ve daha ilk işinde çalışma arkadaşına âşık olmuştu. Kız da anlamıştı delikanlının kendisine karşı olan hislerini. Fakat anladığını belli etmemeye çalışmıştı.

Birkaç kez kısa da olsa sohbet edebilme şansları da olmuştu. Kız, delikanlının elinde gördüğü bir kitabı sormuş, delikanlı da uzun uzun kitabı ve yazarını anlatmıştı. Sonra kitaplarla ilgili konuşmaya devam etmişlerdi. Zaten en iyi bildiği şey kitaplardı delikanlının. Bir keresinde kıza, "Bana en iyi gelen kitap, beni en iyi düşünebilen kitaptır," demişti delikanlı. Kız bu sözden çok etkilenmiş ve karşısındaki insanın hiç de boş biri olmadığına kanaat getirmişti.

Kapağı açılmadıkça anlaşılmayan tek gerçek kitaptır diyordu bu delikanlı. Ve en çok da sevdiği ama bir türlü açılamadığı bu kızın kitap sevgisini merak ediyordu. Yüzlerce sayfaya karınca gibi dizilmiş olan harflerin, o kızın gözünün dili olup olamadığını merak ediyordu en çok...

Bir gün, sessizce bağıran o kelimelerin, akılla dinlenebilen bir sese dönüşüp dönüşmediğini sordu kıza. Kız, önce yadırgadı soruyu. Sonra anladı. Parayla satın aldığı her kitabın kendisine parayla satın alınamayacak dünyalar verdiğini söyledi. Her kitapta biraz daha büyüdüğünü, büyüdüğünü görebilmek için de ayraçlara bakmanın ona yettiğini söyledi. Delikanlı, "Nasıl yani!" diye soracak oldu. Hemen atıldı kız: "Bir kitabın ortasında duran ayraç beni iki şekilde tanımlar. Ayraçtan önceki ben ve ayraçtan sonraki ben. Ayraçtan öncesi öğrendiklerimdir; büyütmüştür. Ayraçtan sonrasıysa öğreneceklerimdir; büyütecektir."

Bu açıklama çok hoşuna gitmişti delikanlının. Artık her fırsatta onunla kitaplar hakkında konuşuyordu. Kız, "İnsan bir gün susar ama kitaplar hep konuşacaktır," diyordu. Harflerin sanatından bahsediyordu. "Harfler imparatorluğundan yapılmış bir aşkı çizmek," diyordu kitap okumaya...

Kendini yeryüzünde yalnız hisseden ve bu yalnızlığı kader zanneden bünyeler, bir gün gelir de bu dünyada yalnız olmadıklarını anlarlar ve kendi yalnızlıklarını başkalarının yalnızlıklarında çoğaltarak kalabalıklaşmaya başlarlarsa, kendileri gibi olanları bulmuşlar demektir.

Kendisinden başka, kitaba bu kadar düşkün birini bulmak, yalnızlığı rafa kaldırmak gibiydi. Çok mutluydu delikanlı. Heyecandan içi içine sığmıyordu. Ona en sevdiği kitabı armağan etmek istiyordu hep. İnsanın âşık olduğu birine kitap hediye etmesi, hangi kitabı seçmesi gerektiği açısından çok zordur. Hele ki o kişi bir kitap kurdu ise... O yüzden çok düşünmüştü delikanlı. Ve bir gün şans yüzüne gülüverdi delikanlının... Kız, bir telefon konuşmasında aradığı ve bulamadığı bir kitaptan bahsetmişti arkadaşına.

İşte o kitap şu anda ellerindeydi delikanlının. Son parasıyla almıştı. Cebinde beş kuruşu kalmamıştı. O yüzden, ofise kadar yürüyerek gitmek zorundaydı. Ama hiç önemli değildi. Şu anda yapmak istediği tek şey, bir an önce kitabı ona ulaştırmak ve doğum gününü kutlarken gözlerindeki tebessümü görmekti. Bunları düşününce adımları giderek hızlanıyordu.

Tam bir saattir yürüyordu delikanlı ve daha çok yolu vardı. Otobanın kenarında, kentten uzak bir bankette ilerliyordu. Birden burnuna bir yağmur damlacığı oturdu. Gökyüzünün ne zaman karardığını fark etmemişti bile. Kafasını kaldırıp yukarı baktığında, akşamüstüyle birlikte, karabulutların şehrin üzerine çöreklenmiş olduğunu gördü. Bir minibüse ya da otobüse binmek gerekiyordu ama delikanlı son parasını elindeki kitaba verdiği için, yürümek zorundaydı.

Yağmur damlaları giderek çoğalırken, delikanlı elindeki kitabı koyabileceği bir poşeti olmadığını fark etti. O sevinçle kitabevinden çıkarken unutmuştu kitapla birlikte bir de poşet verildiğini. Yağmur giderek hızlanıyordu. Telaşlandı. Kitabın ıslanmaması gerekiyordu. Öncelik, kitabın korunmasındaydı. Hiç düşünmeden çıkardı ceketini ve kitabı sardı. Mavi gömleği ve içindeki atletinden başka hiçbir şey yoktu üstünde. Titreyerek yoluna devam etti. Yağmur azalacağına, giderek hızlanıyordu. Sicim gibi yağmurun altında yarım saat daha yürüdü. Hasta olacağından emindi artık. Öksürüyordu. Koşmaya başladı. Mesai bitmeden yetişmeliydi. Doğum gününde, ona en güzel hediyeyi verebilmek için çılgınca koşuyordu. Koştukça da terliyordu. Durmaması gerekiyordu. Eğer durursa üşüyecekti. Ceketine sarılı olan kitaba sarılarak koştu, koştu, koştu...

Sonunda ofise gelebilmişti. Kızın çıkmak üzere olduğunu gördü. Önce arka odaya gitti. Kızın karşısına o şekilde çıkamazdı. Annesinin hastalığından ötürü kendisine verdiği ve terledikçe değiştirmesini öğütlediği yedek kıyafetlere yöneldi. Hızlıca soyundu ve kuru kıyafetlerini giydi. Elindeki kitapla, alelacele çıktı odadan. Kız, mesai arkadaşlarına iyi akşamlar dileyerek gidiyordu ki tam kapıda yakaladı onu. Hâlâ nefes nefeseydi. Yüksek bir sesle adını söyledi. Kız geri döndü. Delikanlıya baktı. Yüzünde bir gülümseme oluştu. Karşısında, gömleği pantolonunun içine tam oturmamış, düğmeleri çarpık iliklenmiş, ayakkabılarının bağcıkları yerlerde sürünen, saçları ıslandığından ötürü yüzüne yapışmış biri vardı. Delikanlının bu haline ister istemez gülümsedi. Alaycı bir tavrı yoktu. Ama yine de kötü oldu bu gülümseyiş.

Delikanlı hemen üzerindeki iğreti duran kıyafetlerine baktı ve sadece, "Eee, şey... biraz ıslanmıştım. Aceleyle üstümü değiştirdim. Bu halim için özür diliyorum," diyebildi. Elindeki kitabı kıza uzatarak, "Doğum günün kitap olsun," dedi. Yüzünde ilkokul çocuklarının öğretmenlerinden iyi not aldıklarında oluşan sevinç ve gurur vardı. Kız, kitaba uzanarak, "İnanamıyorum!" dedi.

Delikanlı, "Bu kitabı aradığını ve bulamadığını biliyordum. İşte şimdi senin. İnanmalısın," dedi. Ve gülümsedi. Kız hemen cevap verdi: "Hayır, o yüzden inanamıyorum demedim. Geçen gün erkek arkadaşıma telefonda bu kitabı aradığımı söylemiştim. O da bana bu sabah doğum günü hediyesi olarak bu kitabı getirmişti. Yazık ya, günlerce aratmış arkadaşlarına. En sonunda bir arkadaşı bulmuş ve getirmiş. O da bana getirdi. Şimdi aynı kitaptan iki tane var. Ha bu arada beni tebrik et. Çünkü bir de söz yüzüğü çıktı kitabın arasından. Ne güzel bir sürpriz olmuş değil mi? En mutlu doğum günüm bu benim," dedi gülümseyerek ve parmağındaki yüzüğü gösterdi.

Birden yüzündeki gülümseme yok oldu delikanlının. "Oysa ben kendim arayıp bulmuştum," diye fısıldadı kendine. Kolları bir ağaç gibi devrildi iki yana. İçi içine yıkılmıştı. Boş bir çuvala doldurulmuş kemik yığını gibi kalmıştı oracıkta. Birazdan en sevdiği oyuncağı kırılan bir çocuk gibi ağlayacaktı sanki. Kalbinde bir sızı hissetti. Rengi küle döndü. Gözleri dolmaya başlamıştı. Kız, "Neyin var?" diye sordu kaygıyla.

Neyi yoktu ki... Hatta şimdi yokluktu her şeyi... Şimdi yokluktu her şey... Hangisini anlatmalıydı acaba... Boşa giden neye yanmalıydı en çok? Tabanları patlayana kadar o kitabı aramalara mı, yağmurlar boyu ıslanıp ciğerlerine ölümleri doldurmayı mı, boşa giden ve değeri bir başkasının aynı kitaba verdiği değerin daha altında sayılan bir kitaba mı, yoksa sevdiği kızın bir yâri olduğunu, böylesi bir durumda öğrenmesine mi... En çok neye yanmalıydı şimdi?

Gözlerine bir karanlık peyda oldu delikanlının. Yere düşen bir yaprak gibi yığıldı. Gözünü hastanede açtı sonra. Annesi, babası ve kardeşleri vardı yanında. O yoktu... Açtığı gibi yeniden kapattı gözlerini.

Bir ay sonra:

O kadar hafifti ki... Ağırlığı hissedilmiyordu bile. Zayıf ve hastalıklı bedeni, tabutunu taşıyan hiç kimseyi yormadı. Öylece bıraktılar delikanlıyı toprağa.

Mezarı başında el açıp dua edenler arasında, o meşhur kitabın yazarı da vardı. Yavaş yavaş sustu tüm ağıtlar. Yavaş yavaş çekildi sonra herkes. İşte yine yalnızdı delikanlı. Kendini yeryüzünde yalnız hisseden ve bu yalnızlığı kader zanneden bünyeler, bir gün gelir de bu dünyada yalnız olmadıklarını anlarlar ve kendi yalnızlıklarını başkalarının yalnızlıklarında çoğaltarak kalabalıklaşmaya başlarlarsa, kendileri gibi olanları bulmuşlar demektir. Ama bu buluşma kendini tamamlamadan, biri diğerinin hayatından gittiğinde sonlanırsa; onlar, kalabalık yalnızlıklarla uğurlanırlar.

Aylar sonra:

Bir gün, yalnız bir mezarlığa, yalnız bir kız geldi. Dua için gökyüzüne açılan elleri, dua bitince yanındaki çantaya uzandı. Çantanın içinden bir kitap çıkardı o eller. O günkü yağmurun kokusu sayfalarına sinmiş bir kitap bıraktı mezarın üstüne. Sonra yavaşça okşadı kitabı parmaklarıyla. O parmaklarda artık bir yüzük yoktu. Ve kitabın üzerinde, "Araz" yazıyordu.

(Ölümü, kendisini tanıma nedenim olan
Ercan Yılmaz anısına...)

Ne trajiktir, canınızın sıkılacağı bir şeyin bile olmamasına sıkılmak.

Sahibi olmayan eşeğe semer vuran da olmaz. Bu yüzden bekârlık özgürlüktür.

Giyinmesini bilen kadınlar kendine yakışanı giyer, kıskanç kadınlarsa başkasına...

Karşındakine istemediği bir sırrı vermen, o kişiye haksız bir sorumluluk yüklemektir.

Dünyanın en mutlu insanları çok fazla paraya ve derin bir cahilliğe sahip olanlardır.

Elde etmek için peşinden umutsuzca koştuğunuzu elde ettiğiniz an, onu kaybetmeye başladığınız an demektir ve siz bunu çok sonra anlarsınız.

Kullanılmayan zekâ aptal durur.

Bakmak görmek, görmekse anlamak değildir.

Zamanla kazandığını, yaşamla kaybetme.

Cahil bir kötüden daha kötüsü eğitilmiş bir kötüdür.

İnsan hayatta hep dublörünü arar.

İnsan ölürken de yalnızdır; bu yüzden tabutlar tek kişiliktir.

Çorbayı güzelleştiren ekmeğin bayat olmasıdır bazen...

Aşk, insana yalanla aynı anda bulaşır. Önemli olan hangisine inandığındır.

Soğuk Bir Ayrılık İçtim, Düşlerim Kamaşıyor.

Hayatın sana sunduklarından ziyade, senin ne kadarını alabildiğin önemlidir. Tecrübe dediğimiz de aslında böyle bir şeydir. Ve bir tecrübeden, ölmeden sağ çıkılınca o tecrübe, tecrübe olarak kullanılabilir. Tecrübelenmek, önce sınavdan geçip sonra ders alan insanın, aslında doğru olanın, dersini aldıktan sonra sınava girmesi olduğunu öğrenmesidir. Ve sanılanın aksine tecrübe konuşmaz; çünkü o ıstırabın ödülüdür.

Şimdiki aklım bana geçmişi yeniden yaşatmıyor ama en azından geleceğime ışık tutuyor.

Kendinde aramaya cesaret edemediği hataları, insan başkalarında çok kolay buluyor. Böyle bir hikâye benimkisi işte. Tecrübesizliğimin, toyluğumun ve yalnızlığımın hikâyesi…

Onu tanıdığımda, yılgınlık, yenilgi ve esaretin kıskacında kıvranıyordum. Çok kez intihar sınırlarına geliyor ama başaramıyordum. Hayattan kopmuş, yaşamak istemeyen, kendini bu dünyaya ait hissetmeyen biriydim artık. Yolda yürürken anlamsız bir şekilde gözlerim dolar, girdiğim ilk kuytuda da sel olurdu. Dostlarımdan uzaklaşmış, yalnızlığın beni yok edişini izliyordum. Kendi tükenişime seyirciydim o zamanlar. Sonra birden o çıktı karşıma. Tam yaşamaktan vazgeçtiğim bir anda. Bir iskelenin ucundaydım. Akşamüstüydü. Rüzgâr, erimiş bedenimi sallandırıp duruyordu, bir o yana bir bu yana. Birazdan kendimi derin sulara bırakacaktım. Tam ucundaydım iskelenin... Tam ucundaydım hayatın...

Gözlerim artık gelmeyecek olanı beklemenin uykusuzluğunda, uzak ufuklara dalgın dalgın bakıyorken ayaklarım, son bir hamleyle beni ölümüme kavuşturmaya hazırlanıyordu. Bedenimi hayattan aşağı atacağım sırada, bir el sıkıca kavradı kolumu. Sadece, "Değmez!" dedi bir ses. Arkamı döndüğümde, rüzgârın saçlarını karıştırdığı bir kadınla göz göze geldim. Kocaman siyah gözleriyle gözlerimin içine bakıyordu. En ufak bir telaş yoktu yüzünde. Nefes alıp vermekten şişip inen göğsüm, iyice hızlanmıştı. "Yapma, değmez!" dedi tekrar. "Değmeyeceğini nerden biliyorsun, onu tanımıyorsun ki!" dedim çaresizce. "Onu tanımama gerek yok," dedi. "Mühim olan seni tanımam." "Beni nerden tanıyorsun ki?" diye sordum sonra. "Bu gözleri nerde olsa tanırım ben," dedi.

Şaşırmıştım. Beni yavaşça kendine doğru çekti. "Gözlerime bak!" dedi. Sanki yüzyılların sırrının gömülü olduğu kör bir kuyuya bakar gibi, o kuyudan su içer gibi, o kuyuya düşer gibi baktım gözlerine. Baş döndürücü bir derinliğe sahip, insanı hipnotize edecek derecede tesirli bir şeydi gördüğüm. Aklımda ne ölüm kaldı ne de hayata küsmüşlüğüm. Canıma kement atmış beni adeta hayata doğru çekiyordu gözleri.

İskelenin kıyıya bakan tarafına doğru yönlendirdi beni. Ağır adımlarla yürüdük. Denize bakan banklardan birine oturduk. Gözlerini siyah denizden ayırmadan sordu:

"Neden ölümü seçer insan?"

"Sürdüğüm bu hayatı, onun sonlandırmasına izin vermemek için uçacaktım ölüme. Ve sen şimdi ölümümü yine onun ellerine bırakıyorsun."

"O kadar mı sevdin?"

"Hayır! Daha çok sevdim. Ama gitti. Hiç gelmemiş gibi. Kendisinden sonra gelecekleri bile benden alarak gitti. Her şeyi yarım bırakıp gitti. Beni, kendini, bizi..."

"Ve sen de ondan intikam almak için intiharı seçtin? Ne yapacaktın ölünce, Tanrı'ya Tanrı misafiri olmaktan başka? Ona bu cezayı verirken seni sevenleri, kendinden mahrum etmen doğru mu sence? Asla yönelmemen gereken bir çıkış kapısıdır intihar."

"Ama yaşamak da hayata bağlamıyor ki beni."

"Geride bıraktıkların diyorum sana! Onları hiç düşünmüyor musun? Farz et bir tiyatro oyunundasın ve sahnede senin hayatın oynuyor. Sen karanlıkta insanların ayaklarına basa basa çıkıyorsun salondan. İnsanlar senin bıraktığın acıyla kalıyor geride... Sense oyunun sonunu bile göremeden gidiyorsun bu hayattan. Nasıl başaracaksın sessizce yok olup gitmeyi, ardında acılar bırakmamayı? Kendi ölümüne kaza süsü vererek mi?"

"Yaşamaya çalışmaktan daha kolay ölmek. Hele ki her gün ölmek, öle öle uyumak geceye, öle öle uyanmak sabaha."

"Hayatta kalmaya çalışmak da zaten bir tür intihar değil midir? Tek fark bunu ölerek yapmıyorsun. Hayatın dışına doğru yürümüyorsun. Duruyor ve bekliyorsun eşikte. Belki bir el uzanır sana diye."

O söylediği elin kendisi olduğunu o an anladım. Yavaşça ayağa kalktım. Yürüdüm denize doğru. Arkamdan geldi. Tam yanımda durdu. İkimiz de sustuk. Az daha kendimi hem katil hem de maktul yapıyordum. Bir avuç sevenimin üzerine, hüznü, acıyı ve vedayı, onlara sormadan boca edip gidecektim. Sözleri beni sanki hayatla barıştırır gibiydi. Yüzüne baktım ve gülümsedim. O da bana gülümsedi. Sonra, "Kendini öldüreceğine derdini öldür," dedi. İçimden kahkahalar atmak gelse de sustum. Uzaktan balıkçı tekneleri geçiyordu.

İntihar etmeyi seçecek kadar korkak, bu eylemi gerçekleştirecek kadar da yürekliydim belki ama, o, söylediklerinde çok haklıydı. Tiyatroda ayağına bastığım insanları düşünmeliydim. Kendimi değil, derdimi öldürmeliydim. Ama nasıl? Neyle? Kiminle?

Sanki hep yanımda olacakmış gibi bakıyordu gözlerime. Sanki her düştüğümde beni kaldıracakmış gibi duruyordu yanımda. Hiç tanımadığım bir insana duyduğum güven, beni hayata bağladı yeniden. Onun hayatını hiç merak etmedim. Adını bile sormadım. Yalnızca giderken, "Seni bir daha görebilecek miyim?" dedim. Sakince cevap verdi: "Bakmasını biliyorsan..."

Günler günleri kovaladı hızla. Ben biraz daha dirayet kazandım hayata. Yaralarımı iyileştirmeye başladım usulca. İçimde küllerini taşıdığım aşk, beni benimle sınamaya başladı. Sonra yine o iskelede karşılaştık onunla. Tek başına denizi seyrediyordu o bankta. Yanına sokulup sustum. Anladı. Bir kedi gibi başımı koltuğunun altına sokmak istedim. Öylece sulara bakıyordu. Birkaç dakika sonra, "Eftelya," dedi bana. Yüzüne baktım, yüzümde bir soru işaretiyle. "Adım Eftelya," dedi gülümseyerek. Yüzünü yüzüme çevirdi ve, "Denizkızı demektir Eftelya," dedi. Sonra tekrar ufka baktı. Uzun ve dalgındı bakışları. Yüzünde taşıdığı iklim, ilkbahardan alacaklı bir sonbahar gibiydi. Pürüzsüz teni, sanki avuçlarıma değdi. O kadar güzeldi ki alamıyordum bakışlarımı ondan geri. "Anlat," dedi ve sustu. Hikâyemi dinlemeyi bekliyordu. Saatlerce konuştum. Dursuz duraksız konuştum. Kendimi bir dağ yüceliğinde görürken nasıl yıkıldığımı anlattım. İçimi nasıl oyduğunu anlattım.

"Karların beyazına âşık olanlar, bazen o beyazın dondurabildiğini unutur," dedi bana. "Evet," dedim. "Ben o soğukla yandım ölesiye..." Acı acı gülümsedi. Sanki onun da ömründen öyle soğuklar geçmiş gibiydi. Sanki kalbimdeki bu kar yanığını tanıyan biriydi. Devam etti sonra:

"Bazen ömrümüze yerleşen ve aşkından ayaklarımızı yerden kesen sevgili, sevgisiyle göklere çıkarır benliğimizi ve bir anda bırakır gider. Öyle bir düşeriz ki zaman durur, hayat devam eder. Ve o zaman anlarız; ayaklarımızın yerden kesilmesi, sevgilinin bizi göklere çıkarması değil, uçuruma adım attırmasıymış. Herkes kendi içinde taşır cennetini. Ve sen istemedikçe kimse cehenneme çeviremez o cenneti."

"Peki, bu dünya hangi dünyanın cehennemi o zaman?"

"Her şey düzelir. Bu kadar umutsuz ve yılgın olma."

"Neden hâlâ bu haldeyim o zaman?"

"Hayat bir günde mi bozuldu ki, bir günde düzelsin? Sabrı öğrenmelisin."

"Hayata sil baştan yeniden mi başlamalıyım?"

"Hayat sil baştan yaşanmaz; bu kararı aldığın yerden devam eder. Sakın unutma bu sözlerimi. Bugünün izleri, geçmişin yara kabuklarından gelir. Korkma geçmişinden ve geçmişle yüzleşmelerden."

"Kendimde bir gelecek görmüyorum ki geçmişimle yüzleşeyim! Bir hiç gibi hissediyorum kendimi. Beni intiharımdan vazgeçirdiğin günden bu yana ancak sarılabildim hayata. Ama bir yanım hep yıkık yine ve diğer yanım hayatın paçalarına tutunuyor. Hayalimde bile yok mutluluk. Bir tek senin sözlerin var artık dünyamda."

"Hayallerini sakın kaybetme. Kiminin en büyük hayali zenginliktir; kimininse en büyük zenginliği hayalleridir. İnsan hayal ettiği sürece tutunur. Belki şu anda doğruların ne olduğunu tam olarak bilemesen de yanlışlarını fark edebilecek yaştasın."

"Yaşıtız belki seninle. Ama sözlerin benden çok büyük. Hayatı bana yeniden tanımlıyorsun. Hem de sırf bana umut olsun diye içine kof ve şişirilmiş sözler katmadan. Yalın ve gerçek sözler. İçinde iyisi de kötüsü de olan sözler. Daha önce kimse bana bu kadar gerçekçi yaklaşmadı. Ve ben hep kendimi usta sanırdım bu oyunda."

"Yanlışların ve eksiklerin yüzüne yüzüne vurulmuyorsa, bu senin mükemmel olduğunu değil, dostsuz olduğunu gösterir. Ben duymak istediğin yalanları veremem sana. Onlar sadece günü kurtarır. Işık sandığın ve tutunduğun karanlıkları sana göstermek zorundayım. Unutma, karanlığı aydınlatmazsan, zamanla o karanlığa alışır gözlerin."

"Nasıl bir yoldan geçtin sen de buralara gelebildin?"

"Karanlığı, 'kara'nın varlığı değil, ışığın yokluğu olarak görmeli insan. Ve yine de iyi bilmeli ışığı ışık yapanın da aynı zamanda karanlık olduğunu. Ben bunları bilerek geldim buralara. Artık sen de biliyorsun."

Hiçbir şey diyemedim. Karşımda adeta bir tecrübe abidesi duruyordu. Ona, onun kelimeleriyle varamıyordum.

Çok sonra öğrendim benden üç yaş büyük olduğunu. İnanılmaz bir dostluk başladı aramızda. Ben hayatın anlamlandıramadığım her boşluğunda ona sarılıyordum; o ise, bir anne şefkatiyle saçlarımı okşayarak bana hayatı öğretiyordu sanki. En güçsüz, en yorgun, en onulmaz yaralarımla çıkmıştım karşısına ve o bitik bir benden yepyeni bir ben daha yaratmıştı sözleriyle. Hayatın ne olduğunu ondan öğrendim. Aşkın ne anlama geldiğini, nasıl yaşanması gerektiğini ve aşkın geride bıraktığı enkazlardan nasıl sağ çıkılacağını...

Gecelerce konuştum. Dinledi, anladı, sustu, konuştu. Yine

sustu. Sonra başkaları girdi hayatıma. Yine âşık oldum. Sevdiklerimle, âşık olduklarımla paylaştım onu. Her sözümde o vardı. Dilimden düşürmüyordum adını. Her gelene onu anlattım, her giden ondan bir şeyler götürdü. Kimi çok kıskandı, dayanamadı onun varlığımdaki yerine... Gitti... Kimi çok sevdi onu... Benden daha çok hem de... Bu sefer ben kıskandım ve gönderdim hayatımdan... O ise, vakurluğu ve insanlığıyla bildiklerini, sezdiklerini hep gizledi. Hiç renk vermedi. Onu nasıl sahiplendiğimi, ona nasıl tutkun olduğumu, âşıkken bile onu bir an aklımdan çıkarmadığımı hep bildi. Ona olan sevgim hakkında hiç konuşmadı benimle. Ne zaman benim için çok özel biri olduğunu söylesem, başını sessizce salladı ve gülümsedi acı acı. Hiçbir zaman, "Sen de benim için çok özelsin," demedi bana. Oysaki, hayatımı kurtarmıştı. Hep yanımdaydı. Bir türlü anlayamıyordum bu yakın uzaklığı...

Bu durum bazen beni ondan soğutuyordu. Aramıyordum. Sormuyordum. Aramıyordu. Sormuyordu. Sonra dayanamayıp yine yanına gidiyordum. Her şey yeniden başlıyordu. Bir gülümseyişiyle bana her şeyi unutturuyordu.

Bitmedi terk edilmelerim. Sevenler, sevdiklerim hep gitti. Bir o kaldı yanımda. Yasladı hep yüreğini yüreğime. Ağladım omzunda gecelerce. Güç verdi bana, hayata yeniden yeniden tutunayım diye. "Kendimize yaptığımız her şey, giderken bizi arkalarında bir hiç olarak bırakacaktır," derdi. Çok sevdiğim ve hayatımın merkezine oturttuğum zaman birilerini... anlamazdım onu. İşime gelirdi anlamamak. Ama hep o haklı çıkardı.

Hayallere tutunmayı öğretirken bana, hayallerde yaşamanın kötü yanını da anlatırdı. "Yaşama nedenini hayallere bağlarsan, gerçekler ölüm sebebin olur," derdi. Ve ben yeteri kadar hayal kurmakla, yeteri kadar gerçeklerin içinde kalmayı öğrendim çok sonraları.

Bana neden bu kadar iyi, neden bu kadar yol gösterici olduğunu sorgulardım hep. Zaman zaman sorardım da ona. Neden bana bu kadar iyisin diye. "Bu senin iyiliğinden kaynaklı çocuk," derdi. Bana çocuk demesine sinir olurdum. Ama o her seferinde eklerdi cümle sonlarına... "Çocuk."

İmkânsız aşklarım olurdu bazen. Garip bir istençle sarılırdım o imkânsız aşka. Sonra gider ona anlatırdım çaresizliğimi. "Martı denize âşık olabilir, olabilir ama... nasıl sevişebilirler?" diye sorardı bana. "Terk edildiğinde vazgeçmişsen sevmekten, imkânsız aşk değildir seninki," deyip bir darbe de o vururdu bana.

Avucumda dikenler olduğunu bile bile yine de sıkardım yumruğumu. Böyle bir şeydi benim için imkânsız aşk. Ama o öyle demezdi. "Yüzünü karanlığa döndüğünde ve odan karanlık olduğunda belirir yüzü. Ne gider, ne gelir. Öylece durur karşında. Bir siluettir o. Hayatına girmek için var olmamıştır... Gitmek için de... Biraz gölge, biraz duvar, biraz sendir o. Ne somurtur, ne gülümsetir. Yine de tekilliği, 'o'na tercih eder insan. Böyledir işte imkânsız aşklar. Ne 'sen' varsındır, ne 'o' yoktur. Sonra bir gün anlarsın bir başkasına ait olduğunu o siluetin. Arkasında bir karanlık bırakıp gider. Ve ne zaman o karanlığa baksa insan, kendi yüzüyle tanışır yeniden. Dedim ya... böyledir işte imkânsız aşklar. Ne sen varsındır, ne o yoktur," diye anlatırdı yaşadığım aşkı. "Bu yüzden mi imkânsız bana?" diye sorardım. Gülerdi. "İmkânsız, senin olmayanın çekiciliğidir," derdi. Bilirdim de ses etmezdim; varlığı, yokluğa emanet etmek gibi bir şeydi bu.

O zamanlar bilmiyordum onun bir gün o imkânsıza dönüşeceğini. Ona olan hayranlığım her geçen gün artıyordu. Daha çok birlikte vakit geçiriyorduk artık. Sanki yeryüzünde ondan başka kimse yokmuş gibi. Her saat onu arar oldum. Ama o beni hep aradığım yerde bekliyordu. O bana hiç gelmiyordu. Üzülüyordum buna. Sonrasını nerden bilebilirdim ki…

Ona nasıl bu kadar olgunlaşabildiğini sorardım hep. Sıkılmadan cevap verirdi:

"Olgunluk tahammülle başlar."

"Ne çabuk büyütmüş seni yıllar. Hem de kendine ihanet ettirmeden…"

"İnsan ihanet etmeyecek kadar temiz değildir çoğu kez. Ben bile ilk ihanetimi çocukluğuma yaptım; büyüyerek. Yine de öleceğini bildiği halde yaşamaktan korkmamalı insan. Nasıl yaşarsan öyle ölürsün çocuk."

"İnsana insanla çıkılır derdin hep. Anlattıklarında ne kadar haklı olduğunu şimdi anlıyorum. Ve doğrularının ne kadar doğru olduğunu."

"Yine de yanlış yerde söylenen doğru, doğru yerde söylenen yanlış kadar yanlıştır bazen çocuk. O yüzden insan susmasını da bilmeli. Bazen susmak, doğruya giden en kolay yoldur çünkü. Sakın unutma! Önemli olan çarkların aynı yöne dönmesi değil, aynı amaca hizmet etmesidir."

"Bazen boşa yaşadığımı hissediyorum. Hele ki sen böyle konuşunca... Seninle, yolu her sefer intihara çıkan birinin, zaten gerçekte öldüğünün farkına varamadığını öğrendim. Yaşamaktan uzak olmayı tercih ettiğim günler, çok gerilerde kaldı artık. Ama yine de boşa yaşadığımı hissediyorum işte."

"Karanlıktan korkarak geceyle barışamazsın çocuk. Hayata, hayata rağmen tutunmalısın; ondan korkarak değil! Neyin uğruna ne kadar çaba verdiğin önemlidir bu hayatta. Boşa sıkacağımız tek bir kurşun yok. Hatalarımızın ne olduğunu bilmemiz ve onlarla baş edebilmeyi öğrenmemiz gerekiyor. Meşhur bir söz vardır bilirsin: 'Elindeki tek alet bir çekiçse, sana bütün sorunlar çivi gibi gelir.' Ben bu sözün doğruluğuna inanmışımdır hep. Neyle nasıl savaştığını iyi bil çocuk! Plastik balyozla, demir dövülmez."

"Bu zamana kadar hep uzaktan bakmışım hayata. Sense benim uzaktan baktığım hayatın tam ortasından geliyorsun. Ateşin uzağında olan adını anmayı, içinde olan yanmayı bilir değil mi?"

"Büyüyorsun çocuk."

Büyüyordum. Öyle mutluyduk ki... Hayatımın en mutlu dört yılıydı. Sonra, duygularıma engel olamadım ve ona âşık oldum. İlk başlarda kendime itiraf edemediğim bu gerçek, bağıra çağıra karşıma geçti ve beynime kazıdı kendini. Ona nasıl söyleyeceğimi bilemedim. Söyleyip söylememem gerektiğini de bilmiyordum zaten. Çok savaş verdim kendimle. O, beni bir dost olarak görürken, hatta bana hep çocuk derken ben, yaşça benden büyük olmasına bile aldırmadan âşık olmuştum işte. Hep sorguladım kendimi. Acaba ben aşka mı âşıktım?

Bir gün ona, aşka âşık insanlar için ne düşündüğünü sorduğumda bana, "Aşka âşık olan, senden daha iyi sevene satar seni," diye cevap vermişti. O an kendimden utandım. Yüzüm kızardı, heyecanlandım. "Ne oldu?" dediğinde, "Yok bir şey," diye geçiştirdim. Aşka âşık olmanın ne demek olduğunu sorgularken, bana bir tokat gibi gösterdiği gerçek kendime getirmişti beni. Gerçek bir imkânsız aşka düşmeye başlıyordum.

Ona duygularımı açmalıydım. Gerçeği bilmeliydi. Uykusuz geçen gecelerimin ardından bir sabah çıktım karşısına. Beni birden görünce çok şaşırdı. Yüzüm allak bullaktı. Ellerim titriyor, sesim titriyor, kalbim titriyordu. "Bu ne hal çocuk!" dedi, yüzünde alaycı bir sempatiyle.

"Sen hep, aşk alışveriş değil bir hibe sanatıdır derdin ya?"

"Evet?"

"Bazen insan karşısındakine hibe ettiği sevgiyle yaşarken, karşısındaki insanın bunu bilmemesinin ezikliğiyle yaşar."

"Nereye gelmek istediğini bir anlasam?"

"Bana her aşkın katilini de kendi içinde taşıdığını sen öğrettin. Ve ben o katil tarafından öldürüleceğimi bile bile sana âşık olduğumu itiraf etmek istiyorum."

Bu sözlerin ağzımdan nasıl çıktığına bugün bile anlam veremiyorum. Nasıl bir cesaretle söylediğimi bilmiyorum. Sözlerim bittiğinde uzun uzun baktı yüzüme. Sanki bir çocuğu gözleriyle okşuyordu. Yüzünde hiçbir şaşkınlık ifadesi yoktu. "Bunun olacağından korkuyordum ben de," dedi sadece. Sonra bana nasihatlerde bulunmaya başladı. O beni zor durumlardan kurtarmış da, insan böyle durumlarda psikoloğu gibi olan kişilere ilgi duyarmış da, benimkisi aşk değilmiş de...

Onu gerçekten sevdiğimi kanıtlayacaktım. Hayatında ilk defa yanıldığını ona ispat edecektim. Buna kararlıydım. Günlerce kapısından ayrılmadım. Her fırsatta onu nasıl sevdiğimi söyledim. Duygularıma karşılık vermese de ben hiç yılmadım. Onun da beni sevdiğine inanıyordum çünkü. Aşkımın karşılıksız olduğunu düşünmek bile istemiyordum.

Günler haftaları, haftalar ayları kovaladı. Değişen hiçbir şey olmadı. Ben yine durmadan peşinden koşuyordum; o ise, bana çocukluk hevesine kapılmışım muamelesi yapmaya devam ediyordu. Artık gücüm tükenmeye başlamıştı. Ama ne tuhaftır ki gücümün tükenmesine rağmen aşkım daha da büyüyordu. "Aşka inanan acıya katlanır!" sözü, kendi sözüydü. Katlanmaya hazırdım.

Ona bir mektup yazacaktım. İlk ve son mektubum olacaktı bu. Ya birlikte yürüyecektik ya da ben acımı kalbime gömüp kaderime razı olacaktım. Ve yazdım...

Merhaba Eftelyam.

Sen beni büyütmeden önce, hâlâ doğduğum gündeydi yaşım. Beni ölümlerin sınırlarından çevirip, hayata yeniden bağladın. Bu yüzden ismin, aşktan da büyük bende. Sen de bilirsin ki kusursuz bir güzelliğe sahip olmayı, güzel bir kusursuzluğa tercih edebilmeli insan. Sen bunu başardın Eftelyam. Ve beni de sürükledin peşinden. Hiç farkımda değildin benim, senden yapılma bir aşkın içine batıyorken ben. Hiç anlamadın... Ve daha kötüsü hiç anlamadım...

Bu aşk gün yüzüne çıkacak korkusuyla yaşamak yerine, o korkuyla yüzleşmemek adına, aşkı yok saymayı tercih edecek cesaretsizlikte değilim ben. Seni kaybetmek adına bile olsa, sana gerçeği ve bu gerçeğin içindeki aşkımı fısıldıyorum. Belki de ikimize de kötülük yapıyorum bilmeden. Ama unutma Eftelyam, her iyilik yapan kötü, her kötülük yapan da iyi olmayabilir hayatta. Ben seni kaybetmeyi göze alacak kadar çok seviyorum, unutma.

Bana hayal kurmayı öğretirken hayal dünyasında yaşamamayı da öğretmiştin. Şimdi ben biliyorum; başkalarının hayallerini süslemek adına kendi hayallerinden vazgeçenler, bir gün gerçekten hayal olur. Ben, fakir dünyamda zengin hayaller kuruyorum; hem bizim için hem de esiri olmamak için o hayallerin. Amacım bu fakir dünyada zengin olabilmek değil, kötü dünyada iyi kalabilmek. Verdiklerinle mutlu olmasını bilecek yaştayım artık. "Yarısına sahip olmak bile tamamına sahip olamamaktan iyidir." Bunu bana sen öğretmiştin. Kanadının olmasıyla, uçmayı bilmek aynı şey değil biliyorum. Bunun da farkındayım... Geleceği kurgularken geçen anın bedelini "Şimdi"de ödüyorum. Ve bedeller ödemekten korkmadan, büyük harflerle yazıyorum gerçeğe dönüşmemiş aşkımızı; kalabalık görünsün diye... Çünkü göğsüme işlediğin ten rengi bir dövme senin aşkın. Bakanlar göremiyorlar... Bir sen biliyorsun onun varlığını; bense hep hissediyorum o dövmenin acısını.

Şimdi tek korkum yalnızlık biliyor musun? İnsanın tek insanı olunca, hayaller bile kalabalık değil. Gitmezsin biliyorum. Kazımazsın bu yarayı bileklerime. Yine de korkuyorum işte... Bana yalnızlıkla baş edebilmeyi öğrettiğin halde... Çünkü yalnızlığın kendisi, öğrenilen ama asla öğretilemeyen bir şeydir. Terk ettiklerimiz, yalnızlığı öğrettiklerimiz değil, yalnızlığa mahkûm ettiklerimizdir. Ve biz o mahkûmiyette ancak yalnızlıkla baş etmeyi öğrenebiliriz. Sen yine de gitme, terk etme. Ama bir gün gidersen de yine de canı sağ olsun derim cevap bekleyenlere ve sarılırım senden ne kalmışsa geriye... Bağırırım bar bar: "Yalnızlığımın bir sahibi var..."

Uzun zamandır susuyorum kendime. Dayayıp duvara kulağımı, kendi yalnızlığımı dinliyorum. Sanki kendine başkalaşan bir adama dönüşmüşüm. Her sabah aynalarda kendimle tanışıyorum yeniden. Ne komik değil mi? "Kendini başkasının yerine koymayı bil ama hep orada kalma... Sonra kendin olmayı unutursun," demiştin ya bana... Şimdi ben karşımda duran bana yabancı kendimin yerine koysam kendimi ve orda kalsam ne eksilir, kalmasam ne artar? Öyle zor bir yerdeyim ki, ne durabiliyorum yerimde ne de gidebiliyorum yerimden bir adım öteye... Böyledir işte umutsuz aşklar; uzaklaştıkça büyür, yaklaştıkça küçülür.

Sana âşık oldum Eftelyam... Ve sanırım aşk, kalbine misafir olarak aldığının, yavaş yavaş o kalbin ev sahibi olmasıyla başlıyor bende... Ellerimi uzatıyorum sana. Tutmadan önce gör diye... Kalbimi uzatıyorum sana. Kırmadan önce sev diye... Biliyorum her çıkışın bir çıkışı vardır. Ama yine de kırılacak diye hayal kurmaktan vazgeçecek değilim. Kalbime aşkı üfledin bir kere. Bundan sonra beni yok ederek kendini var edemezsin. Ve bir gün gidersen kendi cümlelerinle git benden; benim sana armağan ettiğim aşkla değil! Geride kalan ben artığını düşünme. Aşkın kölesi olmayı bildiğim kadar, ayrılığın da efendisi olmayı bilirim.

Allah kimseye taşıyamayacağı dert vermezmiş. Elbette ayrılıktan ölmeyiz. Ama yine de sen gitme "Biz"den. Ayrılık ne kadar derinse, dayanma gücü de o kadar çoktur. Sen asıl sana yan; çünkü meleklerin ölme hakkı yoktur! Kalbinden öpüyorum.

Seni seviyorum...

Mektubu ona uzattığımda ellerim tir tir titriyordu. Gözlerine bakamıyordum. Vereceği cevap ne olursa olsun hazırdım. Hiçbir şey söylemedi. Sessizce okudu mektubu. Bir ara gözlerinin dolduğunu ve yanağına bir damla yaş süzüldüğünü fark ettim. Elinin tersiyle silip devam etti okumaya. Yüzünde dolaşan hüznün sebebini çok sonra anlayacaktım. Ama o an bir şey fark ettim baktığım o yüzde: Acı... Aşk hissedilir, acı fark edilir.

Sessizce ayrıldı yanımdan. Önce gözlerime usul bir şefkatle sokuldu; sonra ellerimden tuttu ve koparcasına, beni kendinden koparırcasına bıraktı. Bir boşlukta sallandım önce, sonra bir başka boşluğa yuvarlandım. Gözünde yaşlarla gitti. Tek bir kelime etmedi. Yalnızca gitti. Geriye hiç bakmadı. Başlamayacakmış gibi gelmişti, bitmemiş gibi gitti. Kaçmak mıydı, gitmek miydi anlamadım. İnsan böylesi bir gidişte neye doğru ilerlerdi? Kaderden kaçmak mıydı bu gidiş yoksa kadere miydi? Tutuştu böylesi gitmelere hazırlıksız çıra yüreğim.

Neydi bize bu kadar imkânsız olan? Ve bilmediğim kaç imkân saklıydı bu imkânsızlıkta? Gitme diyemedim. "Dönüş yolunu kat etmek daha zordur gitmekten sevdiceğim!" diyemedim. Bilirim, geride kalan her şeyi yanında götürmektir aslında gitmek. İnsan ne yapardı böyle olunca? Şimdi peşinden yürüsem, ben de gitmiş olacaktım değil mi? Ağaca çıkan bir kedi yavrusunu geri alabilmek gibidir gitmek; onu alabilmek için, sen de peşinden ağaca çıkmalısın... Gitmelisin...

Gidemedim peşinden. Çakılıp kaldım o kaldırıma. Üstümden onlarca yaya geçti sanki. Ve anladım o vakit: Az seven gider sadece... Çok sevendir terk eden...

Aylarca dönüşünü bekledim. Ne bir haber geldi ondan ne de bir iz bulabildim ona dair. Tekrar döndüm derbeder hayatıma. Bu son yıkım çok acı olmuştu. Onu kaybetmeyi göze alacak kadar severken, kendi elimle sonumuzu hazırladığımı nerden bilebilirdim? Atlatırım sandım, "Bu da geçer," dedim kendi kendime. Geçmedi. Geçmek nedir bilmedi. Allah beni kahretti. İçimde söndüm, içime sövdüm. Sildim bizi gözyaşı bezlerimle. Düşürdüm kendimi gözümden. Boşa gittim, ne acı! Sokaklarda yaşamaya, banklarda uyumaya, pisliklere batmaya başladım. Vazgeçtim her şeyden. Gülüyormuşçasına yaşadım, yaşıyormuşçasına güldüm. Sahillerdeki tüm kumlara onu yazdı ellerim. "Ey! Eftelyam; yalnız seninle yaşlanmayı düşlerken, yalnızlığım sensiz yaşlandı."

O yoktu artık. Beni ölümlerden alan, ölümlere salıp gitmişti. Boşluklarda özgür bırakmıştı beni. Böyle bir özgürlük, ancak köle etmek için verilirdi. Oysa gözlerinden o kadar emindim ki... O da seviyor sanmıştım. İnanmıştım... Ve belki hâlâ seviyor... Ama neden bazen iki sevdalı bir aşk etmiyor? Şimdi onun hayalinden yapılma bu dala sımsıkı tutunsam ne olur... O dal bu kuştan çoktan vazgeçmiş.

Eftelyam... Sen artık her şeysin biliyor musun? Elimde kalmayan her şeysin. Ve her şeyimken, burada olmayan tek şeysin. Gittin... Beni yarım bıraktın... Yokluğun nasıl bir sağanak bıraktıysa, yalnız ben ıslandım. Şimdi bu sensizlikte yaşayabiliyorsam, senli günlerin hatırınadır.

Öyle zordu ki onsuzluk. Bir yıl nasıl geçti anlayamadım. Hayattan kopuk, gam yüklü bir yıl... Zamanla biraz daha kendime gelir gibi oldum. Daha doğrusu ondan topladıklarımla kendimden eksilttiklerimi düşündüm ayakta kalabilmek için. Acıyı kendime yorgan yaptım. Acı, kendisiyle savaşıldığı için acıtıyormuş. Ona teslim olunduğunda ise, alışıyormuşsun varlığına. Anladım ki acıyı dibine kadar yaşayıp bitirmek gerekiyormuş. Yoksa bir kanser gibi yayılıyor tüm hayatına.

Tam ayağa kalktığımı sandığım bir anda, posta kutuma bırakılmış bir mektup beni yeniden oturttu o batık sandala…

Merhaba çocuk,

Böyle bir mektuba nasıl başlanır bilmiyorum. Böyle bir mektup nasıl sonlandırılır onu da bilmiyorum. Her şeyin bir sonu mu olması gerekiyor be çocuk? O halde ayrılmanın niye sonu yok? Neden dünya ıssızlığına âşık olan insanlarla dolu? Hayata erken kalkanları neden önce çocuklukları terk eder? Hayat denen bu zorlu yolun daha ilk dönemecinde, solumdaki aynadan geçip gitti çocukluğum. O yüzden sana hep çocuk dedim. Seni, benden çalınan çocukluğumun yerine koydum. Hep geçmişe özlem duyar insan. Oysa asıl özlem gençliğedir. Ama gider... Ama giderler... Ne özgürlük kalıcıdır ne de esaret çocuk!

Ah be çocuk ben de sevdim tabii... Sevmesem gider miydim? Hüzünlü oldu biliyorum. Hem de öldüresiye bir hüzün. Ama hüzün en uzun şiiri değil midir aşkın? Bizimki de böyle olsun be çocuk. Bırak insanlardan farkımız olsun. Bak herkes farklı olduğunu söylüyor. E peki herkes kadar farkı olanın farkı nerede?

Ne hissettiğin, nasıl algıladığınla ilgilidir çocuk. Elimi kalbine koyamasam da nasıl attığını hissedebiliyorum buradan. Sakın unutma! Unutmak değil, unutulmaktır asıl yalnızlık. Seni, bu gülüşü kurt-

lanmış insanların içinden çekip çıkarttıysam; her gülenin mutlu olmadığını, her ağlayanın da üzgün olmadığını bil diyedir. İnsanları tanıdıkça, yalnızlığı daha çok seveceksin. Yokluğumda seni ellerin iyileştirmesine sakın izin verme. Benim sana öğrettiğim gibi kendin sar yaranı. Yoksa seni iyileştirmesine izin verdiğin her yabancı, hak ister sağlığından. Gidişimde bir yalnızlık yok. Sadece yokluğum yıllarına ağır geliyor. Aslında yaşlanmıyoruz çocuk; gençliğimiz kısalıyor.

Gittim de sevmeyi mi bitirebildim sanki! Seni sevmek, aptal yerine konmaktan korkmamaktı. Korkmadım! Ama gitmeliydim. Teslim olmalıydım beni bekleyene. Yoksa o alacaktı beni senin ellerinden. O zaman ne yapardım be çocuk? Öyle bakacaktın arkamdan, oyuncağı elinden alınmış zavallı çocuklar gibi. Ve ben bir avuç gözyaşıyla bir ömrü yıkayacaktım.

Kendi üstüme basıp senden geçtim çocuk! Bunu yapmalıydım. İnsanın uyuduğunu anlaması uyanmakla başlıyor. Ama sen uyanmış olsan da içindeki karanlığa saklanıyorsun hâlâ. Yaraya yarayla karşılık veriyorsun.

Bitmek denen, başlamakla başlar bazen. Bu yüzden biz hiç bitmeyeceğiz çocuk! Kavuşamayacağımız için, bizim hiç ayrılığımız olmayacak. Beni bekleme çocuk! Beklemek ayrılığa dönüşür zamanla... Bul seni, kendini kaybettiğin bende. Ve unutma asla; kendin olabilmek adına sarf ettiğin aşırı gayret, bazen seni sana buldurmaz. Ve yine unutma ki, herkes için her şey olmaya çabalayan, kendisi için hiçbir şey olmaz.

Anla be çocuk! Bunca yazmak neye, kime? İçim yanıyor içim! Bir senin için, bir benim için. Benim içim ağlıyor, senin kalbin ağrıyor. Benim kalbim yanıyor, içimin gözyaşlarıyla sönüyor. Beni bekleyene teslim olmaya gidiyorum şimdi. Ağlamayacağına söz ver! Yarın hangi sorudan başlayacaksın yaşamaya biliyorum. Cümleler gerekiyor teselli kurmaya. Ama ben sana ne bir cümle kurabildim ne de nokta olabildim. Şimdi "Biz"den çıkıp ben oluyorum yeniden. Düş örüp anılar dikiyorum üstümüze. Süs olsun sana. İçimizdeki zaman akmaya yenik düşüyor.

Kalbimden öpmüştün ya hani, kalbimde taşıdığım dudak izinle gidiyorum. İçimdeki "Sen" devri kapanıyor, yıkılıyor artık. Keşke elimden bir şey gelebilseydi.

Sana bir avuç sargı tutmaz hayal kırıklığı bırakarak gidiyorum, affet. Büyüdü yalnızlığım, artık ağlamıyor. Ve artık sen de gidebilecek kadar büyüdün. Ve artık sen de gidebilirsin. Ben seni başka bir bana emanet ediyorum. Rüyamda söz verdin, ağlamayacaksın.

Ben de seni seviyorum.

Elveda çocuk...

Ölmeden önce yazmış bu mektubu. Meğer kansermiş. Bileyim istememiş. O yüzden gitmiş. Ölümmüş, "Beni bekleyene gidiyorum," dediği. Anladım; aşk çok makyajlı bir şiirmiş. Başlamadan da bitermiş.

Yine yaptın yapacağını Eftelyam. Tam biterken başlayacaktım ki, başlayamadan bittim. Şimdi kimi koysam yerine, giderken bıraktığın boşluğa düşüyor. Senden sonra tertemiz bir sayfa açtım ömrüme… O sayfa hep tertemiz ve boş duruyor.

İnsan her şeye rağmen yalnız, herkese rağmen eksik kalıyor sensizlikte.

Bu ne acı bir sınav, ne acı bir tecrübe. Zaman durdu, hayat devam etti sen gidince. Hâlâ da devam ediyor; ama benim hayatım değil o akıp duran sessizce.

Hayır! Hayır!
Ağlamıyorum, ağlamayacağım. Söz verdim bir kere.
Sadece biraz…

Sadece biraz… Sensizlik kaçtı gözlerime.

Birini sevmek için karşılık beklemem ki... Zaten sevdiğim hiçbir şarkı da benim için bestelenmedi.

Anlatamamak, bilmemek değildir aşkta.

Yaşlanmak, hata azaltmaz; onları kamufle edebilme yeteneğimizi artırır.

Yaşıyormuş gibi yaparsın belki ama ölüyormuş gibi yaşayamazsın...

Ş

anssız insan yoktur, kötü şansa sahip insan vardır.

Suya âşık ateşler, âşığına kavuşunca ölür.

Kandırı, aklın akla tecavüzüdür.

Derdim sana; pencere olmak değil ki benim derdim, senin penceren olmak.

Öğrenci Evi

Yumurta, makarna ve toz kokusu. Etrafa saçılmış fotokopi kâğıtları. Tuvalette birikmiş dergi ve gazeteler. Üzerindeki işaretleri silinmeye ve hamur olmaya yüz tutmuş iskambil desteleri. Kimin çarşıya gideceğine, kimin bulaşıkları yıkayacağına, kimin çayları koyacağına, kimin yemeği yapacağına karar verilen okey partileri. Sadece final ve vize zamanı bulunabilen sessizlik. Evinizde hiç tanımadığınız insanlarla karşılaşma, hatta yer yatağında birlikte yatma ihtimali. Kışın dipfrizde, yazın fırında yatıyormuş hissi veren evler. Yan daireden kaçak çekilmiş internet. Hiçbiri birbirini tutmayan ve takım olamayan (genellikle bir ürünün yanında promosyon olarak verilmiş) bardak ve tabaklar. Üzerinde asırlık tozları barındıran her biri ayrı bir kumaş dokusuna sahip, koltuk rengine tezat perdeler; ki bu perdelerin ya kornişleri çıkmıştır ya da raylarda yürümüyordur tüller. Elektrik kesilmelerinde yakılıp yerinden sökülmeden üzerindeki tozlarla yıllanan yarım mumlar. Her ayın yedisinden sonra zenginleşen, on beşinden sonra eski haline dönen eski tip, tek ayağı sallanan buzdolabı. Ucuzcudan alınmış ve hep salonda duran tornavida ve paslı pense. Telleri rutubetten paslanmış bir saz veya gitar. Sobalı evlerde, ısınmak için yakılan sehpa. Biten sigara paketlerinin küllük olarak kullanımı. Külün halıyı beslediği iddiası. Koltuk arkalarına düşmüş mandalina kabukları. Beş tane çay bardağı olmasına rağmen, yirmi çay kaşığı. Yıkanan çamaşırların kurumak üzere koltuk ve kapı üstlerine asılması. Işık israfı. Ders çalışma niyetiyle başlanan sabahlama geyikleri. Tavanda, yastık fırlatılarak ezilmiş sivrisinek leşleri. Üzerine içeriğiyle alakasız olan başlıklar yazılmış, VCD'ye konduğunda her an bir sürprizle karşılaşabileceğiniz uluorta bırakılmış CD'ler. Pili bitmiş televizyon kumandası. Temizlendiğinde kendi evini tanımayan öğrenciler. Hamamböceği. Elektrikli soba üzerinde kızartılan ekmekler. Kettle'da haşlanan makarna. Kaçak elektrik. Memleketten gönderilen peynir ve erzak. Küçülen öğrenci mideleri. Elektrik ve su faturalarının unutulduğu ama internet faturasının gününden de önce yatırıldığı gerçeği. Her sabah ocakta unutulup yakılan çaydanlık. Yemek sonrası yakılan sigaraların yarattığı duman altı ortam. Gazı bitmiş çakmakların, ocak yakımında kullanılması. Kafelerden aşırma kül tablaları. Pazar poşetlerine yığılan çekirdek kabukları. Aylarca değişmeyen nevresimler. Lavabonun içinden seçilen temize en yakın bardakla su içmek. Çamaşır makinesinde asılmayı bekleyen yıkanmış çamaşırların günlerce orada kalıp koku yayması. Kutudan televizyon sehpası. Kirli çorapları havalandırıp havalandırıp giymek. Ayak kokusu. Tuvalet kapısında "Damsız Girilmez" yazısı. Tuvalet terliklerinin evin her yerinde görülebilmesi. Eve temiz girip bir parmak yağ tabakasıyla çıkan tüpler. Sofraya aynı anda konan makarna ve pilav. Tencere kapağında yenen makarna.

Öğrenci evleri başkadır. İkinci, hatta üçüncü el eşyalarla döşenmiştir ve bu eşyalar ilk sahiplerinin değil, o an kullananların ruhunu taşır. Öğrenci evleri ya bodrum katındadır ya da güneş görmeyen cephenin en karanlık dairesidir. Odalar küçük ve soğuktur. Ama üşütmeyen bir soğuk... Eski bir yatak, kırık bir dolap, paslı bir ayna, kutudan bozma sehpalar, örtüsüz, vazosuz ve üstü kitaplarla, tozlarla bezenmiş bir masa, duvarlarda dergilerden kesilmiş fotoğraflar, gizli şairlerce yazılmış şiirler...

Öğrenci evleri gezip görülecek bir sanat eseri ya da tarihi bir mekân gizemliliğindedir. Elden düşe düşe bozulmuş, ellerden düşme bir teyp, en güzel şarkıları, şarkıcısını gırtlaklıyormuş gibi dinlettirir. Kitaplar yığılmıştır bir köşeye ve kimse bilmez kaç kişinin okuduğunu. Hatta kimse bilmez o kitabı kimin aldığını. Elden ele dolaşan kitaplar bir öğrenci evinde yeni bir okur bekler... Kapı bozuktur, prizler kırık... Muslukların durumu vahimdir; ya açmak için savaşılır ya da kapatmak için. Mutfak tezgâhı bir haftanın bulaşığını taşır, çöp kutusu boşaltılmanın hasretinde... Yemek mönüsü bellidir. Yumurtanın ötesi makarna, berisi menemen... Ama kimse aç kalkmaz öğrenci sofrasından.

Çok muhabbetli gecelerde demli çay her daim hazırdır, kahve ikram bekler... İlk gün kararlaştırılan işbölümü ikinci günde ertelemeye bırakılır. Kavgaları vardır, az sonra barışılacak. Sürprizleri vardır, içinden zeytinyağlı sarma ya da temizlenmiş bir oda çıkacak... Paylaşımı zorunlu da olsa içtenliklidir. Kimse bu benim demez, kimse bu kimin diye sormaz. Her şey, herkesindir. Çoktur geleni gideni öğrenci evlerinin. Kalabalıkta kaybolur eksiklikler, artar paylaşımlar... Kapı zili çalmaz, yumruk yetişir, "Ben geldim," demeye... Gürültülüdür öğrenci evleri. Komşularda zavallı bir yakınma, öğrencilerde aylanmaz bir serserilik... Gün denilen sabaha karşı biter. Gün denilen öğleden sonra başlar. Bitmez öğrenci evlerinde anlatılanlar, dinlenilenler. Ve dinmez öğrenci evinde acılar; dindirici arkadaşlara rağmen. Ağlamak olasıdır, gülmek bahanesiz. Konforu sıfırdır öğrenci evlerinin, samimiyeti yüksek. Yaşanmalıdır öğrenci evinde, ya sürekli ya da kaçamakça...

Dalgaları yüzmeyi unutmuş denizlerin kaderi, kendi suyunda boğulmaktır.

Geçmişin güzellikleri bugünün çirkinliklerinin üzerini örtmeye yetmez.

Dünü yarına taşıyanlar, arada bugünlerini yitirir.

İnsan terk edildiğinde değil, unutulduğunda yalnızlaşır.

Bende senden başka ben yok benden ötürü, sende senden başka sen yok senden ötürü.

Her seferinde girdiğim bir çıkmazdır, başka vücutlarda seni sevmek.

Senden kaçarken, senin gibileri arayacak kadar yalnızım şimdi.

Gittin! Aramızda bir dudak payı mesafe kalmışken...

Yalnız mıyım? Ya ben diğerlerini terk ettiysem?

Bir orkestranın basgitarı gibiyim; yalnızca yokluğu hissedilen...

Kendi öykümde başroldeyken, neden sende hep figüran kalıyorum?

Para zenginler için önemlidir.

Yalnızlığına Âşık Olan Adam

Kadın: Öyle kaçar gibi gidilmez sevgili, aşk görmezden gelinmez; sevdiysen adam gibi... Aslında sen bende kendini terk ediyorsun. Ayrılığa acılar ekiyorsun. Ve ektiğini biçmemek için arkana bakmadan gidiyorsun. Aşka inan sevgili. Aşkı hor görme. Böyle bırakıp gitme. Bitme! Seni ölene dek seveceğim. Bırak, bana kalsın bu aşkta yaşamaktan korktuğun acılar. Aşka sırtını dönersen, seni arkadan bıçaklar.

Adam: Beni ölene dek sevemezsin sevgili. Gelecekteki "Ben"i tanımıyorsun çünkü. Onu ben bile tanımıyorum daha. Seninle hep anlarda buluştu kalbimiz. Biten bir birlikteliğin ardından bir tek anlar kalır hafızamızda. Silinir de bütün çirkinlikler, bir tek güzel olan anlar kalır geride. Işığın güzel düştüğü bir yüz, yüzdeki masum gülüş, sesli bir kahkaha belki... Anların anısı yaşar yürek kuytularımızda. Bütün hayata sızar o anlar. Oysa güzel bakan bir gözün ışığı, ikinci kez aynı ışıkla bakamaz bir daha. Sonra unuturuz da zor olanı, çekilmez olanı, gitmek için sebebimiz olanı; geriye dönüp sarılmak isteriz yeniden sevgiliye. Aslında sevgili değildir sarılmak istediğimiz. Sadece o güzel anlardır. Ama onu asla bilemeyiz. Zaten bu yüzden evde kalmış aşklarımızı ayrılıklarla evlendiririz.

Kadın: Sen, yaşamak denen şeyi hayat denen şeye çevirensin. Onca büyüksün işte benden ve onca yaralı... Senin tecrübe edindiğin her şey daha bende bebek adımı. Ama tecrübe her zaman büyütmez adamı. Bazen geçmişe bakıp da utandığımız anlar olur. İşte o anda seni ikna edemez hiçbir tecrübe gülümsemeye. Belki geçmişte kalmıştır. Evet! Yaşanmıştır. Yanlıştır. Ama doğruyu da getirmemiştir beraberinde. İşte o zamanlarda yalnızca "Güçlü olmak" seni ayakta tutmuştur. Çünkü o zamanlarda herkesten daha fazla ihtiyacın vardır güçlü olmaya, güçlü kalmaya... Evet, haksızsındır ve bunun karşısında bir tek "Güçle" ayakta kalabileceksindir. O gün güç, tecrübenin yerini almıştır. Yok gibi vardır. Var gibi yoktur. Dedim ya, tecrübe her zaman büyütmez adamı. Hayattan alamadıklarının hesabını benden sorma. Zamana bırak kalbini. Zaman denen ilaç herkese iyi gelir... Bir tek kendine ilaç olamaz.

Adam: Evet sevgili haklısın. Zaman her şeyin ilacıdır; eğer yanlış reçeteye yazılmamışsa... Öyle kısa ki unutmanın hafızası. Kalbimi seyrine bıraksam döner geri biliyorum. Ama zor olan tekrar başlamak değil, tekrarlanmaktır sevgili. Bildik kırılganlıkları tekrar yaşamak daha çok kırıyor kalbi ikinci seferde. Oysa anlamalıydın, anlayabilmeliydin seni yakmamak uğruna kendimde neleri ateşe verdiğimi. Beni hep yazdıklarımla anlamaya çalıştın; gitmeme belki bu kadar şaşırmazdın, sildiklerimi de anlasaydın. Unutabilirsin beni, zor değil bu. Neleri unutmadık be sevgili ve neler unuttu bizi. İnan aklında kalandan fazlası değilim, olamam. Çok değil, unutacağın kadarım işte.

Kadın: Kalbim ruhuna değdi bir kere. Sen gitmek için geciktin, ben kalmaya aceleciydim. Tutmadı zamanımız birbirini. Sen nice kayıplarla yürüyordun yokluğa, ben nice kayıplara aşk dedim senden sonra. Oysaki aşkı yıpratmadan yıllandırmaktı niyetim. Ben o şarkıyı seninle söylemek istemedim, seninle dinleyebilmekti derdim. Ben aşkı haykırmak isterken sessizce zehir gibi yuttum kelimelerimi. Söyle! Sessizlik bile kelimelerle anlatılırken sensizliğin sessizliğini hangi sözlük açıklayabilir ki?

Adam: Bana cevabını veremeyeceğim sorular sorma! Nerden bilebilirim? Zaten her şeyi bilmek, her şeyi bilmemekten değil midir? Gidiyorsam, aşkının geçmişime hesap sormasından korktuğum içindir. Ben geride bıraktıklarımla yaşamam, geride bıraktıklarım benimle yaşasın. Tozlu anıları silerken bir kıymık gibi batıyor elime pişmanlıklar. Ve anladım ki iyileştirilemeyen tek şeydir anılar. Geçmiş yoruyorsa insanı "Şimdi" daha fazla yoruyormuş. Ve her gelecek diye beklediğim hep geçmişte kalıyormuş. Sana değil, hayata benim kırgınlığım. Hangimiz hangimizin kaybettiğiyiz bilmiyorum. Yok yanımda, beni benimle taşıyabilecek hiç kimse. Yalnızım... Yalnızlığım.

Kadın: Şimdi dinle beni sevgili! Sen yalnızlığına âşık bir adamsın. Kuşlar da yalnız uçar bazen. Özgürce süzülürler bulutların arasından. Ve bütün bir gökyüzü kuşlarındır. Ama hiçbir kuş gökyüzünde yaşayamaz! Yaşamak için konmaya ihtiyaçları vardır. Bazen bir ağaca bazen toprağa... Ben rahatça konabileceğin tek daldım; şimdi kırıldım. Bak herkes aynı ölmüyor gülüm. Beni bu kırılmışlığım öldürecek, seni özgürlüğün. Gittiysen gittin. Belli ki bir daha dönmeyeceksin. Ben böyle eksik de yaşarım ama sen yine de giderken götürdüğün beni geri getir. Yokluğumu nasıl yaşatacaksın kim bilir!

Adam: Haklısın ama hoşça kal sevgili.

Kadın: Peki, sen de hoşça kal sevgili. Evet haklıyım ama, haklı olmak güçlü olmaya yetmiyor işte. Keşke dünyanın bütün haklılıkları senin olsaydı da sen yanımda kalsaydın. Haklıyım evet... Peki şimdi ne işime yarıyor bu haklılık? Haklıysam neden yalnızım o zaman? Bana hakkımı teslim ederek gidiyor olman, gözümdeki yaşı dindirecek mi sanıyorsun? Evet, senin karşında haklıyım, hem de çok! Ama gel gör ki aynı zamanda ardından ağlayan bir zavallıyım. Haklı olmak güçlü olmaya yetmiyor işte. Ben bir tek kendime haksızım sevgili, bir tek kendime.

Adam : (

Kadın : (

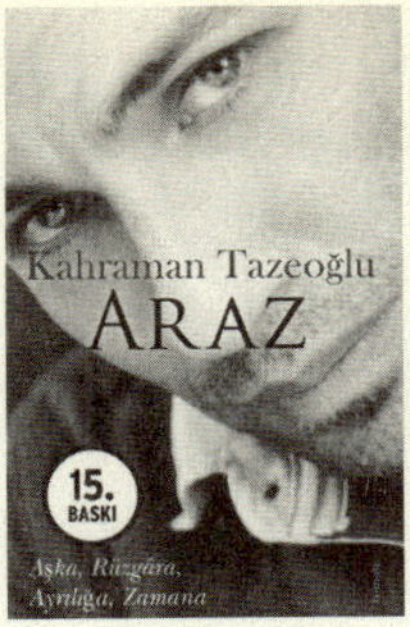

Ayrılık gurur duymalı seninle. Gidersen, sözün ayaklarına geçiyorsa, ayakların yakınımdan geçmeyecek! Ayrılığı seçtin mi büyük olacak ayrılık! Ayrılığı seçtin mi?..."

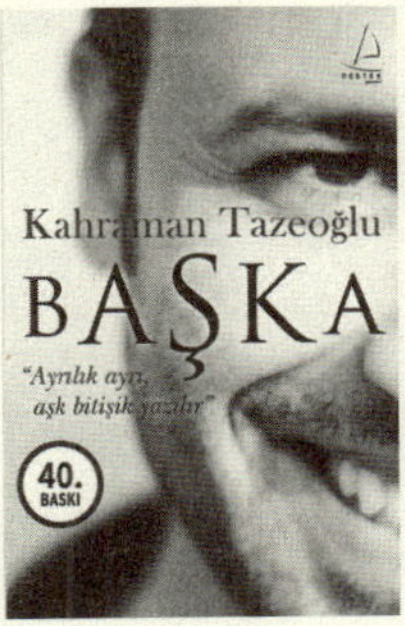

İşte gidiyordu. Bir daha hiç dönmeyecekti. Bir daha hiç olmayacaktı. Sadece bir "gitme" çıkabildi dudaklarımdan. Yüzüme baktı ve "artık sözlerin merheme yara olmaya başlamışsa, içimdeki seni sus, içindeki beni duy." dedi ve sırtındaki ceketimi bankın üzerine bırakarak yürümeye başladı. Son sözleri bunlar olmamalıydı! Arkasından "beni hiç almadığın hayatından böyle ucuz kovamazsın!" diye bağırdım. Geriye döndü ve "davet edilmediğin yerden kovulmazsın." dedi. Son sözüydü. Gitti...

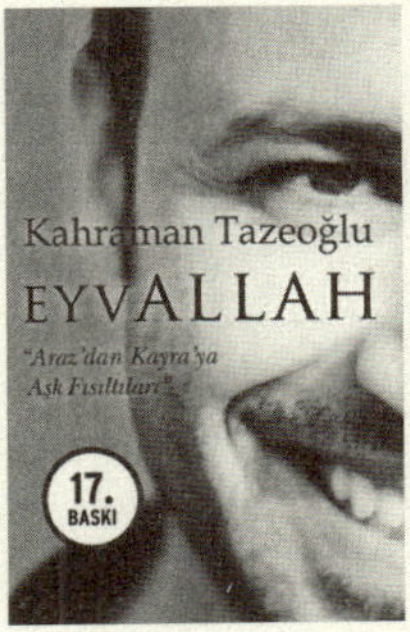

Kızma bana sitemkâr yazıyorum diye... Küskünlüğüm inan sana değil. Söz dinletemiyorum duygularıma, yüreğime. Saatler seni sen geçmiyor. Selamını getirmiyor rüzgarın nefesi. Yollar yolumu sana bağlamıyor. Sen bırakma beni.

Ve bir yazar aşk yazmışsa sayfalara, kelimeleri daha mı anlaşılır okunur? Siz henüz adım atmadığınız halde görünen ufkunun çetrefilliğinde, yolları daha mı hızlı yürünür, gidilir? Ayrılıkla başlayan bir şarkının nakarata geldikçe vuslata ters ilerleyen sözlerinde, müziği daha mı kavuşulacakmış gibi dinlenir?

Sen bana neleri öğrettiğini biliyor musun?
İnsanın terk edildiğinde değil, unutulduğunda yalnızlaştığını ve unutulmanın insanoğluna verilmiş en büyük ceza olduğunu… insanı asıl yalnızlaştıranın, uzağındayken unutulmak değil, yakınındayken hatırlanmamak olduğunu…

yazdan kalma bir kış ölüsüyüz ikimiz
zaman alnımızda bilenen kör bıçak şimdi
ve bilir misin ayrılmak vazgeçmek gibidir
doğru değildir ama gereklidir

çünkü hayat olduğu gibidir
olması gerektiği gibi değil

Kapılar vardır kapanan... içten dışa, dıştan içe...
içimizden dışımızdakilere kapattıklarımız ve dışımızdakilerin
içe doğru yani bize kapattıkları.
Ve bazen bir kapı aralığında unutuluyor adına aşk denebilecek bütün bakışmalar.

siz hiç başkasını öldürerek intihar ettiniz mi?
hemen yarın birini sevin; çok sevin.
onu canınızın öbür tarafı yapın.
mesela, sevdiğiniz geceye ağladığında karanlık üstünüze yapışacak olsun ıslak ıslak.

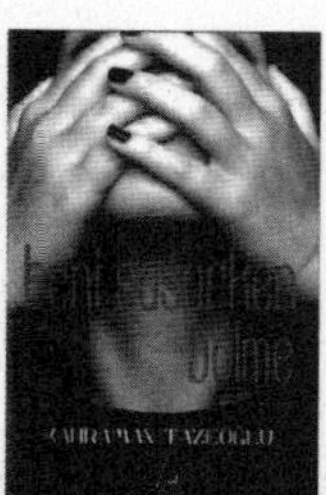

Aramadığın yerlerde olmayı seçiyorum nedense.
Karşılaşma ihtimalimizin olmadığı... olamayacağı.
İlk ışıktan sağa dönüyorum hep.
Senden değil, seninle karşılaşmaktan korkuyorum.
Şekil değiştirmişiz biz.
Ben giderken, sen gelirken değişen ne varsa bilmediğim;
karşılaştığımızda bir şamar gibi inecek yüzüme sanırım.
O yüzden kaçıyorum karşılaşmalardan.